Mallorca Chili

Erotische Mallorca Stories
von

Lana Caliente

Lana Caliente

Mallorca Chili

Erotische Mallorca Stories

Bibliografische Information der Deutschen Nationalbibliothek:
Die Deutsche Nationalbibliothek verzeichnet diese Publikation in der
Deutschen Nationalbibliografie; detaillierte bibliografische Daten sind
im Internet über http://dnb.dnb.de abrufbar.

© 2020 Lana Caliente

Herstellung und Verlag:

BoD – Books on Demand, Norderstedt

ISBN: 978-3-7519-1866-4

Intro

Die schönste Insel der Welt, Insel der Liebe, 17. deutsches Bundesland, Rennradinsel und viele Namen mehr gibt es für die Insel Mallorca.

Aus welchem Grund auch immer jemand auf Mallorca Urlaub macht, der Charme der Insel bleibt keinem verborgen und auch die besondere Stimmung fängt jeden Besucher ein. Alles wird leichter, entspannter, freier.

Die Playa de Palma ist bekannt für die Freizügigkeit, die es oft in die Medien schafft, doch glücklicherweise findet sich der prickelnde Charme Mallorcas in jedem Winkel der Insel und ganz gleich wo man sich aufhält, öffnet die Insel in uns die Tür zu all den Sommerphantasien, die den Urlaub mit einer Prise erotischer Schärfe verfeinern.

Mallorca-Chili ist kein Kochbuch. Zumindest nicht für exotische Gerichte. Jedoch eine Anregung für eine prickelnde Begegnung zwischen zwei Menschen, die ihre Sommerphantasien leben und sich dabei – ähnlich wie ein Menü mit vielen Gängen – intensiv genießen möchten.

Ben und Cora sind ein Paar. Sie haben sich auf Mallorca kennen gelernt durch eine ungewöhnliche, erotische Begegnung.

Ihre Sommerphantasien waren die gleichen und sie begannen Jahr für Jahr im Urlaub eine weitere Phantasie auszuleben auf der Insel, die den Menschen auflädt, mit einer Art von erotischer Spannung, die anziehend wirkt und die Gedanken beflügelt.

Einen schönen Urlaub mit vielen erotischen Momenten wünsche ich Ihnen,

Lana Caliente

8 Erotische Mallorca-Stories

1. Playa de Muro – Die Terrasse 9

2. Cap Formentor – Fredo & Frodo 23

3. Im Kloster Lluc – Das Separee 45

4. Valle D'Orient – Die Finca 61

5. Aquario de Palma – Lust auf Meer 77

6. Torrent de Pareis – Der Schamane 85

7. Fornaluxt – Die Orangenplantage 103

8. Puig Major – Der Tunnel 113

1. Playa de Muro - Die Terrasse

Das ausgedehnte Vogelschutzgebiet S'Albufera im Norden der Insel Mallorca hatte schon seit Jahren auf ihrer persönlichen Reiseliste gestanden. Nun war Cora endlich hier, blickte von ihrem Hotelbalkon über die lang gestreckte Bucht von Alcudia und spürte wie angenehm warm sich die Frühjahrssonne auf ihrer Haut anfühlte.

Nach einem kurzen Blick in alle Himmelsrichtungen, war sie sich sicher, nicht beobachtet zu werden und zog sich aus um die Sonne noch intensiver spüren zu können. Wohlig warm fühlte sich die Mischung aus Sonnenstrahlen und leichter Meeresbrise auf ihrer Haut an, so dass sie ein wenig die Schenkel öffnete und die Arme über dem Kopf ablegte. Um nicht zu schwitzen, aber auch um sich von dem leichten Wind am ganzen Körper streicheln zu lassen.

Das war es also, das Mallorca-Feeling von dem ihre Freundinnen so häufig erzählt hatten, wenn sie zuhause in der Beachbar saßen, die nackten Füße im Sand, lässig im Bikini im Strandstuhl liegend, mitten in der Großstadt weit weg vom nächsten Urlaub.

Fehlte nur noch die Begegnung mit einem Fremden, die übers Vögel anschauen hinausging.

Sie lächelte bei diesem Gedanken, da es solche Geschichten leider nur im Fernsehen gab oder in den sehr bunt ausgeschmückten Reiseberichten ihrer Freundinnen.

Der Schrei eines Vogels oder vielleicht war es auch die Sirene des Eisverkäufers am Strand, riss sie aus ihren Gedanken. Mit dem Zoomaufsatz ihres Smartphones suchte sie den Ursprung des Geräusches in allen Richtungen. Doch sie fand weder Vogel noch Eisverkäufer. Dafür jedoch einen nackten Sonnen-anbeter auf der Dachterrasse eines Nachbarhauses!

Schnell nahm sie das Handy runter, errötete leicht. Es war ihr unangenehm, da auf diese Art bestimmt nicht wenige Urlauber ihren Horizont erweiterten, die man dann zurecht Spanner nannte. Aber dieser Ort, die Sonne, die leichte Brise, irgendetwas war hier anders. Sie fühlte sich so leicht, beschwingt wie nach einem Glas Champagner. Ihr Körper war so warm, das Haar wehte im Wind. Ja, das war es, seit langem fühlte sie sich wieder mal attraktiv, begehrenswert, frei und schön.

Aus diesem Gefühl entstand der Wunsch, noch mal auf die benachbarte Terrasse zu schauen. So als hätte Cora nun die Erlaubnis dazu, weil sich ihr nackter Körper genauso entspannt und einladend anfühlte, wie der des Fremden gegenüber zu sein schien.

Er war offenbar allein dort. Keine Hinweise auf weitere Personen, insbesondere keine Spuren von femininen Accessoires. Unglaublich was sie da gerade machte! Sie beobachtete mit ihrer Vogelkamera heimlich einen nackten Mann! Gut trainiert, schöne Intimrasur, ungefähr mein Alter, wirkt sehr entspannt, dachte sie bei sich, während ihr Herz schneller schlug und ihr immer heißer wurde.

Nein, sie war doch nur zum Beobachten von Vögeln hier und wollte sich eigentlich auch erholen von der anstrengenden Beziehung, die nun nach langem Hin und Her und all den Jahren endlich beendet war.

Der Mann auf der Terrasse hob den Kopf und hielt die Hand gegen die Sonne, während er sich umsah. Er hatte das Gefühl beobachtet zu werden, vielleicht war es aber auch nur die Unsicherheit, da er sonst nie nackt in der Sonne lag. Aber es ließ sich nicht leugnen, die Sonne auf der nackten Haut machte etwas. Sie schien den Körper aufzuladen, nicht nur energetisch, nein, auch erotisch.

Der Gedanke, in diesem Moment von einer ebenfalls nackten Frau besucht zu werden, die mit ihm das gemeinsame Nacktsein in der Sonne genoss, führte zu offensichtlichen Veränderungen in seinem Körper, so dass er sich schnell ein Handtuch über die Hüfte legte.

Auf dieser Insel lag wirklich etwas in der Luft, so als wäre eine Art erotischer Ladung über allem, von der man erfasst wurde, sobald sich Körper und Geist begannen zu entspannen.

Er war doch zur Vorbereitung des Mallorca-Granfondo hier, einem Radrennen, welches über die Insel führte und in 2 Monaten stattfinden sollte. 312 Kilometer über die Insel an nur einem Tag in maximal 14 Stunden um überhaupt in die Wertung zu kommen. Das hieß viele Stunden Training, deshalb war er hier – und um sich von den vielen Überstunden zu erholen. Außerdem brauchte Ben eine Pause vom Online-Dating.

Die letzten Monate waren ein einziges Durcheinander gewesen. Jeden Tag auf der Suche nach der schönsten, lustigsten, attraktivsten und so weiter Frau um dann beim Treffen zu merken, dass er eigentlich eine Frau suchte, die genauso wenig perfekt war wie er selbst. Diese einfach netten, normalen Frauen, die alles andere als vollkommen waren, dafür aber auf eine eigene Art schön, witzig und sexy, die gab es online nicht. Mit diesen Gedanken und passend dazu einem Glas Anima Negra, einem der besten Rotweine Mallorcas, wenn nicht sogar ganz Spaniens, beendete Ben den Tag und versank in wirren Träume von nackten Tänzerinnen, die auf ihre Brüste „nicht online" gemalt hatten.

Am nächsten Morgen stand er vor Sonnenaufgang auf der Dachterrasse und betrachtete den glühenden Horizont. Die Insel lag noch halb in der Dunkelheit, doch ein kleines Schneefeld auf dem Puig Major begann leicht orange in der Ferne zu leuchten. Die Bucht, der Strand und die Palmen schimmerten rötlich im Licht des nahenden Sonnenaufgangs, während das Meer wie von flüssigem Quecksilber durchzogen, rote, blaue und silberne Lichtreflexe auf den langsam anbrandenden Wellen in alle Richtungen aussendete.

Sein Blick fiel auf das einzige erleuchtete Fenster im Hotel schräg hinter ihm. Aufgrund der Entfernung konnte er keine Details erkennen, aber ja, deutlich genug sah er die Silhouette eines schlanken, nackten weiblichen Oberkörpers, dessen schöne Kurven und die langen Haare. War sie gestern schon da? Hatte vielleicht sie ihn beobachtet?

Ben spürte eine Mischung aus Scham und Erregung bei der Vorstellung, dass sie auch nackt gewesen sein könnte, als sie ihn beobachtet hatte. Aber er war hier um zu trainieren und so fuhr er los in Richtung Pollenca um von dort am Kloster Lluc vorbei die berüchtigten Kehren von Sa Calobra runter und wieder rauf zu kurbeln.

Sicher eines der großen Highlights, wenn man die Insel mit dem Rennrad erkundet. Zwar sind es viele Stunden im Sattel, aber abgesehen vom Erlebnis diese unendliche Anzahl von Serpentinen hinunter zu fahren, taucht man ein in die einzigartige Landschaft der Serra de Tramuntana und erlebt Mallorca von einer ganz anderen, viel wilderen und ursprünglicheren Seite.

So verflog der Tag und Ben freute sich auf seine Sonnenliege unter freiem Himmel. Entspannt zog er sich aus, nahm ein Bier aus dem Kühlschrank, die Sonnenbrille und ging die Treppen hoch zur Dachterrasse. Was für ein Lebensgefühl, so nackt, zufrieden und frei zu sein!

Während ihrer gebuchten Vogelexkursion im Süden der Insel am nächsten Tag, war Cora gedanklich oft bei dem Fremden auf der Nachbarterrasse. So sehr sie auch einen stressfreien Urlaub mit Vögeln verbringen wollte – ein Lächeln zauberte sich auf ihr Gesicht, als sie diesen Satz noch mal dachte – genau, so oder so blieb sie ihrem Urlaubsziel treu…

Vor langer Zeit hatte sie einmal gewagt einen Fremden in einem Supermarkt anzusprechen, der ihr sehr gut gefiel. Sie war gerade dabei gewesen ihr Studium zu beenden, vollkommen verstrickt in Prüfungen, Abschlussarbeiten und Jobsuche.

So kam es, dass sie über ein Jahr lang keinen Sex hatte und zeitweise fehlte ihr zwar kein Mann an ihrer Seite, aber doch der Nervenkitzel einer erotischen Begegnung.

Auch wenn sie in diesem Punkt ein gutes Selbstmanagement hatte, da ihre Freundin sie regelmäßig auf Pepperpartys mit dem neuesten Sexspielzeug versorgte und ihr so zu sehr angenehmen Höhepunkten verhalf. Doch eines Morgens beschloss sie, ihrer unfreiwilligen Abstinenz eine Unterbrechung zu gönnen, sammelte all ihren Mut und beschloss, den nächsten Mann, den sie richtig attraktiv fand bei der kleinsten sich bietenden Gelegenheit anzusprechen.

Das Leben meinte es gut mit Cora und sicher half auch ihre erotische Ausstrahlung, die offenbar durch die Sehnsucht nach heißem Sex noch größer geworden war. Auf der Suche nach einer neuen Wandfarbe für ihr Schlafzimmer – eine Wand sollte Zitronengelb werden – schlenderte sie durch die langen Reihen der Regale, den Blick fest auf die Etiketten mit den Farbtönen geheftet.

Plötzlich stolperte sie über etwas und fiel, landete aber erstaunlicherweise recht weich. Ebenfalls auf der Suche nach einer Wandfarbe, jedoch in den untersten Regalen, war dieser – offenbar recht nette – junge Mann gewesen, auf dessen Rücken sie nun lag! Schnell versuchte sie aufzustehen und half der „Stolperfalle" auch sich aufzurichten. Eine zwar sehr schmerzhafte, aber in der Tat umwerfende Begegnung, wie beide lächelnd feststellen mussten, als sie sich gegenüber standen.

Nach einigen zunächst etwas unbeholfenen Scherzen über die Situation, wollten sich beide zum Kaffee einladen und lachten das erste Mal zusammen, weil sie in demselben Moment die gleiche Idee hatten. Und so kam es zur ersten Verabredung, die dann nicht nur beim Kaffee blieb. Da beide keine Beziehung hatten und auch aktuell nicht so recht wollten, blieb es bei spontanen Treffen um gemeinsam das Leben zu genießen – ohne Verpflichtungen und Verflechtungen.

Es war aufregend, wenn plötzlich eine SMS von ihm kam: „Hallo, hast Du Lust? Um 19 Uhr bei mir?". Sofort wurde ihr warm und sie antwortete schnell: „Klar, bis später", mehr nicht.

So frei, spontan und vor allem glücklich er sich fühlte, sich einfach zum Sex per SMS verabreden zu können, so sehr verunsicherte ihn, ihre knappe, nüchterne Art der Kommunikation. Es waren ja bisher auch erst zwei Begegnungen mit ihr, die sehr aufregend, aber alles andere als vertraut waren.

Also blieb ihm die Vorfreude, die die Zeit einzufrieren schien, gepaart mit der Unsicherheit, ob er ihr das bieten könnte, was sie sich wünschte.

Spontaner Sex ohne Alltag, davon hatte sie immer geträumt. Bevor sie zu ihm ging, nahm sie sich Zeit um sich „vorzubereiten", wie sie es nannte. Auf keinen Fall, sollte er denken, sie würde vorher nervös sein oder unerfahren in irgendeiner Hinsicht. Aber sie wollte die Situation in der Hand haben, cool und sexy sein, dann wieder entspannt und befriedigt nach Hause gehen – und zwar allein.

Genau sah sie ihren nackten Körper von allen Seiten in der großen Spiegelwand ihres Kleiderschrankes an, der direkt neben ihrem Bett stand. Sie rasierte sich noch mal ihren schmalen Streifen nach und suchte nach der passenden Unterwäsche für den besonderen Anlass.

Ein sehr schmaler und edler ziegelroter String, der vorne durchsichtig war und so ihre Intimrasur erkennen ließ. Dazu farblich passend ein ebenso durchscheinender BH um ihre Nippel zu betonen. Ja, sie fühlte sich sexy und hatte Lust auf die Begegnung. Wie schön, einfach so Sex haben zu können!

In Gedanken an die erotische Verabredung legte sie sich in die Sonne, die gerade ihr rotes Sofa wärmte und masturbierte sanft, um die Zeit zu überbrücken, aber auch um inspiriert zu werden, Impulse aus ihrem persönlichen Reich der sexuellen Phantasien zu erhalten, was sie erleben und wie sie befriedigt werden wollte.

Beim letzten Mal hatte er ihr die Tür geöffnet, barfuß in lockeren Jeans mit halboffenem weißem Hemd. Über ein „Hallo, bin ich hier richtig?" und ein fröhliches Lächeln, lies er sie nicht hinaus kommen. Sanft zog er sie zu sich, schloss die Tür und begann sie vorsichtig, dann schneller zu küssen. Sie hatte sein Hemd aufgeknöpft, fühlte den gut trainierten Oberkörper und spürte wie die Hitze in ihr aufstieg, in Vorfreude auf ein unbekanntes Liebesspiel.

Er hielt sich zurück, lies zu, dass sie ihn entkleidete, obwohl er so bereit war, einen so starken Drang verspürte in ihr, mit ihr zu kommen. Eines nach dem anderen verteilten sich ihre Kleidungsstücke auf dem Boden, während sie sich auf eine Weise küssten, die beiden bereits verriet, dass sie besonders guten Sex haben würden.

„Komm gehen wir ins Bett", flüsterte Cora, während sie sanft in sein Ohrläppchen biss.

Auch, wenn sie nicht die Einzige war, mit der er sich zurzeit traf, so war ihm schnell klar, dass diese Frau einfach der pure Wahnsinn war.

Er wartete oft tagelang auf eine Nachricht von ihr, dachte, er hätte sie nicht besonders beeindruckt oder sogar gelangweilt, zweifelte an sich selbst und war sich immer sicher, dass sie sich mit zahlreichen Männern traf, die sie sich aussuchen konnte. Es war nicht ihre Schönheit, nicht die Perfektion ihres Körpers oder die sexuelle Erfahrung. Sie war einfach vollkommen sexuell ohne es zu wissen!

So empfing er sie, wie eine Königin und gab alles um sie zu verwöhnen, so dass aus den anfänglichen Quickies allmählich erotische Begegnungen wurden, die – um es durch ein Pendant aus dem kulinarischen Bereich etwas deutlicher zu machen – einem 7-Gänge-Menü glichen.

Cora liebte seine Spontaneität und Kraft, er ihre Offenheit und ständige Lust. So tief und intensiv spürte sie ihn, genoss den Rausch, die heißen Wellen, wenn er immer schneller in ihr wurde, sie drehte, hielt und in allen Stellungen in sie eindrang. Sie lächelte zufrieden, wenn er sie von hinten nahm und nach wenigen Stößen kommen musste, weil ihr Rhythmus, ihr straffer, fester Po und ihre sich wiegenden Brüste ihm nicht erlaubten sich zurückzuhalten.

Keineswegs enttäuscht, sondern dankbar für seine lustvolle Kraft auch nach dem Orgasmus, legte sie ihn sanft auf den Rücken, setzte sich in den Sattel seiner Lenden und ritt ihren Hengst bis sie kam.

Cora schreckte aus ihren Gedanken auf – wie lange hatte sie hier in der milden Abendsonne gelegen? Ihre Haut war kurz vor einem Sonnenbrand und ihr String hatte ein kleines weißes Dreieck auf ihrem Po hinterlassen. Kaum zu glauben welche Kraft die Frühjahrsonne hier auf Mallorca bereits hatte!

Schweißperlen funkelten im Sonnenlicht auf ihrem Dekolleté, als sie aufstand um vorsichtig auf die Nachbarterrasse zu blicken. Er war auch noch da und, unglaublich, schon wieder unbekleidet!

Es fühlte sich gut an, barfuß den Weg zum Nachbarhaus zu gehen. Für den Ausflug zum unbekannten Hotelnachbarn, hatte sie ihr kurzes blaues Strandkleid gewählt, das mit den gelbroten

Sonnenblumen und eine mittellange Perlenkette, die zwischen ihren Brüsten endete, mehr trug sie nicht.

Der sanfte, warme Abendwind strich über das hauchdünne Kleid, so dass ihre wunderschönen Formen zu erahnen waren. Ihr Herz klopfte heftig als sie die Außentreppe langsam immer höher stieg. Was sollte sie nur sagen? Bei aller Aufregung, Unsicherheit und allerlei Bedenken, gewann die Neugier die Oberhand und führte sie sicher Stufe für Stufe hinauf. Würde das hier funktionieren? Kann man einfach spontan jemanden besuchen, nur um zu probieren, ob es zum Sex kommen wird?

Als Cora am Eingang der Dachterrasse stand, lag er noch immer entspannt auf seiner Liege ohne zu bemerken, dass er Besuch bekommen hatte.

„Entschuldige, darf ich kurz stören?", flüsterte sie mit etwas unsicherer Stimme. Er schreckte hoch und griff blitzschnell ins Leere nach seinem Handtuch, völlig überrascht von der Situation.

Doch im Bruchteil einer Sekunde nahm er die unglaublich schöne Frau war, die wie durch Zauberei auf seiner Terrasse erschienen war.

„Das Handtuch liegt hinter Dir, aber lass nur, ich habe auch kaum etwas an", sagte sie, nun deutlich sicherer und mit einem kleinen Lächeln auf den Lippen.

Mit einer kurzen Bewegung hatte sie ihr einziges Kleidungsstück dem Wind überlassen und ging nun langsam auf ihn zu. Er stand auf, bemüht, sich seine Unsicherheit nicht anmerken zu lassen, was angesichts der Tatsache, dass er eine gewaltige Erektion hatte, alles andere als leicht war.

„Hallo, ich bin Ben", krächzte er mit von der Aufregung etwas belegter Stimme. „Cora", sagte sie nur leise und küsste ihn leicht, dann intensiver auf seine weichen Lippen.

Sanft legte er Cora auf die Liege und genoss ihren warmen Körper mit der Zunge. Sie schmeckte nach Sonne, Salz und Hitze. Ihre Haut verströmte ein Aroma wie ein Art Parfüm, das ihn auf eine magische Weise anzog, als wäre diese Frau ein bisher unbekannter Planet, nachdem er auf seiner Reise durchs Universum immer gesucht hatte.

„Komm, setz Dich auf den Stuhl", sagte sie lächelnd und setzte sich auf ihn, so nah, so warm, so unglaublich intensiv war diese der Phantasie entsprungene spontane Begegnung geworden. Die mallorquinische Abendsonne versank bereits, tauchte alles und jeden in ein zauberhaftes Licht.

Dieses Licht, die leichte Kühle in der Luft, das beständige, rhythmische Anbranden der Meereswellen, die zwei Liebenden, das Lebensgefühl dieser Insel, allmählich kam der Puls dieses Sonnentages zur Ruhe.

Beide blickten lächelnd, Arm in Arm, noch außer Atem, auf den glühenden Horizont, der für immer rot, glutrot zu bleiben schien. Sie hatte es wirklich gewagt, er hatte es sich immer gewünscht, sie fühlten sich unsterblich, unendlich, unbegrenzt und frei.

Als sie sich küssten und ein wenig verlegen, ganz nackt, in eine Decke hüllten um auf den Sternenhimmel zu warten, wussten beide, dass sie angekommen waren. Angekommen bei einem Menschen voller Liebe, Zärtlichkeit und mit großer Lust auf erotische Abenteuer.

2. Cap Formentor – Fredo & Frodo

Der Himmel war fast schwarz, nur hier und da blinkten winzige Sterne in dieser mondlosen Nacht. Das unsichtbare Meer rauschte, bewegt durch die warme Brise, die auch Coras Kimono öffnete. Wie sie das Gefühl von warmem Wind auf ihrer Haut liebte! Irgendetwas hatte sie aufgeweckt und da sie nicht mehr einschlafen konnte, stand sie nun fast nackt mitten in der Nacht auf dem Balkon, den Blick entspannt in die unendliche Dunkelheit gerichtet. Schön ist es, dachte sie und genoss die sanfte Hand des Windes, erlaubte ihm zu streicheln wo er wollte.

Plötzlich erhellte ein Blitz über dem Meer die ganze Landschaft vor ihr. Das Cap Formentor wirkte wie ein gelbes Krokodil, das aufs Meer hinaus schwamm und so schnell wie es aus der Dunkelheit gerissen wurde, wieder in der Nacht verschwand. Der Donner war leise, das Gewitter zog aber noch eine Weile über das Meer, so dass noch einige Male die bizarren Felstürme des Cap Formentor im Licht der Blitze aufflackerten.

Cora kannte eigentlich die gesamte Insel sehr gut, aber war doch nur einmal am markanten Leuchtturm mit dem roten Dach ganz vorne auf dem Cap gewesen. Sie erinnerte sich an die verrückte Wette, die sie mit ihrer Freundin Maya abgeschlossen hatte. Wer es nicht schaffte innerhalb des Urlaubs von zwei Wochen, von einem mindestens 10 Jahre jüngeren Mann zum Abendessen eingeladen zu werden, hatte verloren.

Maya hatte, sicher nicht zuletzt wegen ihrer vielen Tattoos und Piercings, mit denen sie die Männer zu hypnotisieren schien, am Ende des Urlaubs sicher mit 3:0 gewonnen. Was aber auch an Coras Pech lag, nur von fünf Männern ihres Alters eingeladen worden zu sein, die zwar sehr nett doch zu alt waren. Der Wetteinsatz war hoch und musste in der letzten Nacht des Urlaubs eingelöst werden.

Cora lächelte bei dem Gedanken an die verrückte Aktion und schüttelte leicht den Kopf, zu schräg war die Geschichte. Die Verliererin musste auf Inline Skates splitternackt vom ersten Aussichtspunkt, dem Mirador de sa Creueta bis zum Leuchtturm skaten ohne gesehen zu werden. Aus Solidarität war auch Maya nackt, trug auch den Rucksack mit Kleidung und Schlafsäcken.

Die beiden Mädels saßen locker, Rücken an Rücken auf dem warmen Asphalt, rauchten kichernd die beachtliche Tüte, die ihnen ein Verehrer gebaut hatte.

„Lass uns starten, sonst falle ich gleich über Dich her", lachte Maya, die die Wirkung des Joints deutlich spürte. Cora wusste, was ihre Freundin meinte, da auch sie den Sex im Marihuana-Rausch liebte....

So rollten die zwei mit Stirnlampen den Weg suchend den ersten Berg Richtung Hotel Formentor hinunter und hofften niemandem zu begegnen.

„Der Fahrtwind kitzelt meine Muschi!!!", rief Cora laut in die Nacht und Maya fiel fast um vor Lachen als sie das hörte. Immer wieder mussten sie anhalten um sich irgendeinen Quatsch zu erzählen bei dem ihnen die Tränen beim Lachen kamen.

Da beide sehr gut im Training waren, fiel es ihnen leicht die bergige Strecke Richtung Leuchtturm zu bezwingen.

Als sie gerade in den Tunnel hinein fuhren, erschreckte sie eine Stimme aus dem Dunkeln. „ Hallo, könnt ihr mir helfen?", sprach eine angenehme, aber leidende Männerstimme irgendwo aus dem Dunkeln.

Sofort machten Cora und Maya ihre Stirnlampen aus und drückten sich gegen die Wand des kühlen Tunnels. Es war stockfinster, doch die beiden Frauen waren unsicher, ob er nicht doch ihre Nacktheit bemerkt haben könnte.

„Ich bin hier eingeklemmt und komme selbst nicht mehr raus. Vor ein paar Stunden ist mir der Vorderreifen geplatzt und ich bin hier irgendwie zwischen die Steine gerutscht. Jetzt steckt mein rechter Knöchel fest, so ein Mist!"

„Klar, wir versuchen es zumindest", bot Maya an, während sie überlegte wie es wohl gehen könnte ohne die Lampe anzumachen. Sie tastete sich vor und spürte den Kopf des Leidenden.

„Warum machst Du nicht die Taschenlampe an?", fragte er verunsichert in die Dunkelheit und griff automatisch nach seinem Handy um für etwas Licht zu sorgen. Dabei berührte er Mayas nackte Brust und zuckte zusammen.

„Bist Du etwa nackt?". „Äh, ja, aber das ist egal, ich rette Dich eben nackt!", stotterte Maya.

Cora konnte nicht mehr, sie schrie vor Lachen: „Ich rette Dich eben nackt! Maya Du bist so lustig, so lustig….!". Sie lachte und lachte, so dass auch Maya nicht mehr ernst bleiben konnte und selbst der Eingeklemmte musste mit lachen.

So etwas Abgefahrenes hatte noch keiner von ihnen erlebt und es bleibt bis heute unvergessen. Sie hoben gemeinsam den Stein hoch, verbanden den verletzten Knöchel notdürftig und setzten den Radler auf seinen Renner, nicht ohne ihm noch eine Handynummer zu diktieren, denn er wollte sich auf jeden Fall bedanken. Und so erreichten die Freundinnen den Leuchtturm, zogen sich etwas an und übernachteten in ihren Schlafsäcken an einem geheimen Strandabschnitt, der nur wenigen bekannt war.

Cora liebte diese Geschichte. Das Cap Formentor war schon ein besonderer Ort und die Straße dahin von einzigartiger Schönheit. Inzwischen dämmerte es. Die Konturen dieser wundervollen Insel im Mittelmeer erhoben sich aus den Schatten der schwindenden Nacht. Als Ben Coras kühlen nackten Körper, ihre raue Intimrasur und ihre festen Brüste an seinem Rücken spürte, erwachte er und genoss diesen Moment der wortlosen Nähe, wie ihn nur Liebende kennen.

„Guten Morgen schöner Mann! Nacht vorbei, ein Bett nur für uns zwei...", dichtete Cora in Bens Ohr und biss ihm leicht in den Hals, wie er es liebte.

Dieses Mal fiel Ben nicht herein auf Coras Angebot, sondern zeigte sich als gelehriger Tantra-Schüler, in dem er ihre massierende Hand sanft zur Seite schob um sie mit dem Zeigefinger leicht wie eine Feder in kreisenden Bewegungen zu stimulieren. Mit geschlossenen Augen, eine Brustwarze zwischen zwei Fingern haltend, lag sie mit entspannten Schenkeln da und lies ihrem Liebhaber freies Spiel. Immer fester wurde seine Berührung und Cora presste ihr Becken gegen seine Finger.

„Später mehr...", flüsterte Ben und lies Cora kurz vor dem Höhepunkt ihrer Lust ohne Erfüllung im Bett zurück. Da die Lage meist andersherum war, nahm Cora es mit einem Seufzer hin und hoffte auf eine spannende Fortsetzung im Laufe dieses sonnigen Tages.

Sie erzählte Ben von ihrer unruhigen Nacht und den besonderen Erinnerungen an das Cap Formentor. Ben war begeistert von der Idee, mit dem Rennrad auf den Spuren der nackten Schönheiten, diesen einzigartigen Landstrich von Mallorca zu erkunden.

Jetzt am frühen Morgen fuhr das sportliche Paar auf fast leeren Straßen, noch unbehelligt von den unzähligen Reisebussen, entspannt die Serpentinen zum Mirador hinauf, um dann der sich schlängelnden Gebirgsstraße noch einige Kilometer zu folgen. Es würde ein heißer Tag werden, da die Morgenluft bereits sehr warm war und kaum eine Brise wehte. Ben hatte vor einiger Zeit von den versteckten Buchten mit kleinen Sandstränden gelesen, die kaum jemand kannte und niemand zufällig fand. Plötzlich kam ihm die Idee statt dem Leuchtturm, als Ziel lieber einen verborgenen Strand auszuwählen.

Von einem Mallorquiner, dem er letztens bei einer Reifenpanne geholfen hatte, bekam er als Dank den Hinweis auf einen solchen Strand. Mit einem Augenzwinkern hatte er zu Ben gesagt: „Die Suche lohnt sich....". Was auch immer das bedeuten sollte.

Aber nun war es soweit. Ben öffnete die SMS mit der komplizierten Wegbeschreibung, die einer mittel-alterlichen Schatzkarte in nichts nachstand.

An dem dritten windschiefen Baum in der vorletzten Kurve vor dem Anstieg zum Tunnel hielten sie und Ben lotste Cora einen steilen Pfad hinunter. Die Räder geschultert, waren beide bemüht nicht auszurutschen. Sie versteckten ihre Rennräder im hohen Buschwerk um besser vorwärts zu kommen.

Nach dem waghalsigen Abstieg in eine sehr felsige Bucht, folgte eine kühne Kletterei durch zerklüftete Felsen, über Berge von Strandgut und durch enge Felsspalten.

Auf einmal waren sie unverhofft auf einem kleinen glatten Strandstück, eingerahmt von hohen Felswänden, aber voll ausgeleuchtet von der bereits heißen Mittagssonne. Kurze Zeit später schwammen beide nackt in dem glasklaren, herrlich warmen Wasser, so angenehm wie in der Badewanne. Sie schwammen um einen großen Felsbrocken und erblickten eine kleine Hütte auf einem etwas größeren, feinen Sandstrand, die sich bei genauerem Hinsehen als Strandbar entpuppte. Eine Bar in dieser Lage, unglaublich!

„Fredo & Frodo" war in ein langes Stück Treibholz eingebrannt, welches über der Tür hing. Niemand war zu sehen, aber die Neugier der beiden war geweckt, so dass sie hinschwammen und eintraten in diese sonderbare Hütte, die wie hin gezaubert wirkte.

Auf dem einzigen Tisch im Raum lag ein großes Blatt mit den Zeilen „Getränke im Kühlschrank, sind später wieder zurück" gezeichnet Fredo & Frodo. Das kalte Bier war genau das Richtige. Auch wenn es sich etwas komisch anfühlte vollkommen nackt in einer Bar zu stehen.

„Herzlich willkommen!", tönte es plötzlich vom Strand her und schon traten zwei – wie Cora meinte – smarte Jungs ein. Beide gut trainiert, braun wie Schokolade und vielleicht um die vierzig Jahre alt.

„Wir hatten so lange keinen Besuch mehr, schön, dass Ihr hier seid!".

Eine wirklich herzliche Begrüßung, passend zu dem ganzen gechillten Ambiente. Aus dem Verhalten und der Sprache der beiden Gastgeber war schnell ersichtlich, dass sie ein Paar waren und sie es gewohnt waren mit nackten Menschen ganz natürlich umzugehen.

Natürlich wollten Ben und Cora genau wissen, wie es möglich war, dass gerade hier, wo niemand eigentlich vorbei kam, eine Bar sein konnte. Fredo und Frodo nahmen sich ein Glas Prosecco, stießen fröhlich mit ihren Besuchern an und erzählten ihre Geschichte.

Vor einigen Jahren hatten sie sich kennengelernt auf einem Seminar für Menschen, die eine neue Richtung im Leben einschlagen wollten. „Wage eine Veränderung, gewinne ein Leben" hieß das Motto. Und in der Tat, schnell hatten sich Fredo und Frodo als Seelenverwandte gefunden, bereit ein Leben zu zweit zu gewinnen. Auf einer Tauchexkursion um das Cap Formentor waren sie zufällig auf diese Bucht aufmerksam geworden und kehrten in den nächsten Tagen mit Schlafsäcken und Ausrüstung für eine Woche zurück. Niemand kam hierher und beide waren sich einig, hier soll ihr neues Leben beginnen. Da beide Jobs hatten, die sich übers Internet ausüben ließen, brauchten sie nur für etwas Strom und einen Hotspot zu sorgen, ein kleines Boot um alles Nötige für den Alltag zu erledigen und schon war der Plan für das neue Leben gemacht.

Fredo war Pornodarsteller und Frodo Regisseur in derselben Branche, so dass sie begannen Marketing für exquisite Paarpornos zu machen. Viele Paare träumten davon in einem Porno mitzuspielen, aber meist wollten sie nicht im Internet auftauchen oder mit anderen als ihren Partnern drehen. So entstand die Idee, diese Paare mit verbundenen Augen hierher zu bringen um mit ihnen zwei, drei Tage lang in die Pornowelt einzutauchen. Da Fredo ganz offensichtlich schwul war und somit sicher keine Konkurrenz für die Männer darstellte, buchten viele Paare dann doch einen Dreh mit einem zusätzlichen Mann, was für die Frauen ein wahnsinniger Kick war und die meisten Männer ihren Frauen gerne mal beim Sex zu sehen wollten.

Ben und Cora waren sprachlos, aber auch sehr begeistert von der Vorstellung einen eigenen Film drehen zu können. Die bisherigen Versuche ihr Sexleben zu filmen waren wirklich nicht besonders erotisch geworden.

Die beiden fühlten sich wie an einem einsamen Strand in der Karibik. Auch wenn sie sich überhaupt nicht erklären konnten, wie Fredo und Frodo hier zwei Palmen hin verfrachtet hatten und dazu einen feinen Sand wie aus dem Urlaubsprospekt, so genossen sie das einfache, freie Leben am Strand. Sie holten kurz ihre wenigen Kleidungsstücke um nicht den ganzen Tag nackt sein zu müssen und entschieden sich für eine Übernachtung zu bleiben.

Es war inzwischen später Nachmittag. Auf dem Meer lag das glitzernde Silber der sich senkenden Sonne und die Luft war noch angenehm warm. In der leichten Brise bewegten sich die kleinen Palmen mit ihren spitzen Blättern hin und her. Die Felsinseln vor dem Cap Formentor leuchteten in einem kräftigen Mustardgelb, das allmählich in Orangetöne überging. Der Wellengang nahm zu, hier und da tanzten vereinzelte Möwen auf dem Wasser. Cora saß allein auf einem flachen Felsblock, die Augen geschlossen genoss sie die wärmenden Strahlen der untergehenden Sonne.

Ihre Gedanken kreisten um die Frage, ob sie mutig genug wäre um ja zu sagen zu einem Pornodreh. Was sollte schon passieren, sie liebte Sex und Ben war ja dabei?

Dennoch, die Sorge sich zu blamieren, wenn sie in die Kamera stöhnte und sich bemühte erotisch und sportlich zugleich auszusehen, beschäftigte sie. Fredo setzte sich zu ihr.

„Schön hier, nicht wahr?", sagte er leise.

„Ja, wundervoll! Danke, dass wir hier sein können an diesem besonderen Ort", antworte Cora langsam, ganz gefangen von der Energie dieses Momentes.

„Diese Pornogeschichte.....", begann Cora ohne den Satz zu beenden.

„Mach Dir keine Gedanken. Wenn Du neugierig drauf bist, dann probiere es einfach, schau Dir die Clips an und drück auf löschen oder speichern, mehr ist nicht dran", erklärte ihr Fredo so beiläufig, als würden sie über eine Sammlung Urlaubsfotos sprechen.

„Wie ist das denn bis jetzt so gelaufen, sind die Paare alleine oder macht ihr mit oder...", wieder brachte Cora den Satz nicht ganz zu Ende, zu sehr verwirrte sie diese neue Idee.

„Es ergibt sich meist von selbst. Für die Paare ist es zuerst sehr künstlich, dann verschwinden wir und filmen erst, wenn es läuft. Dann kommt meist der Spaß am Beobachtet-werden und manche Frauen sind dann so heiß, dass sie mich einladen und ich bin dann einfach Profi, auch wenn ich auf Männer stehe.

Das ist alles!". Cora entspannte sich. Das war also alles, dachte sie.

Die Nacht in der kleinen Strohhütte war einzigartig, nicht zuletzt wegen der sehr ansprechenden Innenraum-gestaltung ihrer beiden Gastgeber. Es gab ein großes Doppelbett mit weißen Laken, gemütliche Sessel und einen Tisch aus Bambus, sowie ein kleines Bad. Zwei Fenster öffneten den freien Blick auf das Meer und die wilden, rauen Steinformationen des Cap Formentor. Dieses sehr besondere Ambiente, untermalt vom steten Rauschen des Meeres, dem leisen Pfeifen der Abendbrise im Schilf der Hüttenwände, brachte Ben und Cora unvergessliche Momente von denen sie noch lange sprechen würden.

Ben und Cora unterhielten sich am nächsten Tag über Pornos und wägten alle Optionen ab. Ben war einverstanden, nur unsicher, ob er es aushalten würde, wenn er Cora mit einem anderen Mann sehen würde. Andererseits war es eine seiner geheimsten Phantasien, da Cora für ihn die absolute Sexgöttin war und er so die Gelegenheit bekam sie noch genauer in Ekstase beobachten zu können. Sie vereinbarten ein Zeichen beim Sex. Er würde ihr den kleinen Finger in den Mund stecken, als Ok für einen Dreier und Cora würde sich überlegen, ob und wie sie es gerne mit zwei Männern hätte.

Fredo und Frodo freuten sich über die neue Kundschaft, klärten das Geschäftliche mit Ihnen, da sie natürlich ihr exotisches Leben in der geheimen Welt des Cap Formentor finanzieren mussten, aber auch um die Sicherheit zu geben, dass alle Aufzeichnungen und Rechte bei den Hauptdarstellern bleiben würden.

Am Abend nach Sonnenuntergang rauchten alle gemeinsam eine Shisha mit „gutem Gras" wie Fredo versicherte. Sie bauten es selbst neben Tomaten und Auberginen an, die hier prächtig gediehen. Unglaublich, sie vertrieben online sogar ihre „Secret Sexy Space-Cookies", die mit Marihuana gebacken waren und ungeahnte sexuelle Erlebnisse versprachen. Empfohlen wurde ein Keks für die Frauen und nur ein Viertelkeks für die Männer, damit sie auch etwas vom Sex hatten und nicht zu entspannt waren.

Die Nachfrage war gewaltig, vielleicht auch, weil alles so geheim war. Bezahlt wurde nur über ein Schweizer Bankkonto und die Homepage war extrem gut verschlüsselt, so dass keine Spur hier her an das Cap führte.

Ben und Cora waren begeistert von den beiden! Und so ergab sich auch recht schnell die richtige Stimmung um den Raum zu wechseln ins Gästezimmer, das ja Ben und Cora aktuell bewohnten. Frodo hatte es etwas umgebaut, so dass nun nur noch ein weißes Bett in der Mitte stand, gut ausgeleuchtet von hellen Lampen, die aber ein warmes Licht verströmten.

„Wir lassen Euch mal kurz allein. Im Kleiderschrank sind ein paar Sachen, wenn Du magst Cora". Mit diesen Worten waren Fredo und Frodo schon verschwunden und unmittelbar füllten leise Bässe den Raum. In einem Rhythmus, der einlud sich dazu zu bewegen, miteinander zu spielen, die Zeit zu vergessen.

Cora wählte alles in Rot. Ihre absolute Lieblingsfarbe. Highheels aus glänzendem Lack, einen durch-sichtigen Slip-Ouvert und einen dazu passenden transparenten BH, durch den ihre Nippel gut sichtbar waren. Der Dessous-Schrank war gut sortiert, hier waren wirklich Profis am Werk!

So fand sie zwei venezianische Masken, eine rote mit glitzernden Steinchen besetzte für sich und eine dunkelblaue dezente Herrenmaske für Ben. Ben wählte nur einen schwarzen engen Stretchslip mit Chromreiß-verschluss und ein weißes offenes Hemd, da Cora es liebte ihn auszuziehen.

Schnell verloren sie sich in ihrer Lust und wären wohl schnell gekommen, da das Marihuana seine Wirkung zeigte. Unbemerkt hatten Fredo und Frodo bereits mit dem Dreh begonnen.

Im Raum waren fünf Mini-Kameras fest installiert und mit der Handkamera wählte Frodo die besten Einstellungen noch zusätzlich aus um später genug Material für den Zusammenschnitt zu haben.

Cora spürte Bens Finger an ihrem Mund, das vereinbarte Zeichen! Die aufgestaute Lust, der Nachgeschmack von der Shisha auf der Zunge und das starke Kribbeln in ihren Lippen führten dazu sich hinzuknien, es Ben mit dem Mund zu besorgen und dabei ihren knackigen Hintern zu strecken. Mit den Fingern rieb sie ihre Muschi und machte eine eindeutige Bewegung nach hinten mit der sie Fredo einlud in sie einzudringen.

Cora ließ sich von den beiden attraktiven Männern verwöhnen, genauso wie sie es wollte. Ein Mann war ihr immer genug gewesen und würde auch in Zukunft reichen, aber diese Gelegenheit bot ihr den Zugang zu ungeahnter Lust. Sie ritt beide immer wieder abwechselnd, drehte sich in verschiedene Positionen, die es ihren Liebhabern erlaubten, sie überall zu stimulieren. Besonders geil machte es Cora, dass Ben ihr zusah während sie es mit einem anderen Mann trieb. Ben genoss es genauso, weil sie mit einem Mann fremdging, der sicher keine Bedrohung für ihre Beziehung darstellte.

Im richtigen Moment zog sich Fredo zurück. Ben drang heftig in Cora ein, die ihn mit den Schenkeln fest umklammerte, ihre Hände fest in seinen nackten Hintern gekrallt bis sie schließlich gemeinsam kamen. Als sie erschöpft und glücklich die Augen öffnete waren die beiden Gastgeber nicht mehr da. Wie schön, ein unglaublich abgefahrenes Erlebnis! Ben und Cora lachten erleichtert, küssten sich etwas verlegen und gingen dann nackt wie sie waren hinaus in die Dunkelheit.

Hand in Hand schlenderten sie hinein in die sanften Wellen, tauchten ein in die nächtliche Kühle des Meeres. Der sexuelle Rausch wich einem warmen Gefühl der Nähe.

Ohne Worte, tief entspannt mit einem Lächeln auf den Lippen schliefen beide glücklich ein und hatten den Film völlig vergessen. Am nächsten Morgen fanden sie wieder nur einen kleinen Brief auf dem Tisch und einen USB-Stick mit Schleife in einer wasserdichten, durchsichtigen Box. „Wir sind zum Fischen unterwegs. Bewahrt das Geheimnis, dann kommen noch viele Paare in den Genuss :-) Euer Fredo & Frodo".

Mallorca war wirklich geheimnisvoll und steckte voller Wunder! Wie vor zwei Tagen, schwammen sie um die Felsnase, kämpften sich durch die Felsbrocken zurück zu ihren Rennrädern und radelten in Richtung Alcudia zu ihrem Appartement am Strand.

Den ganzen Tag über waren sie aufgeregt, konnten es kaum erwarten den Film endlich zu sehen. Aber sie wollten sich selbst feiern, ihren Mut, es gewagt zu haben, ihr Glück jemanden gefunden zu haben, der den Film drehte und den sie nie wieder sehen würden. Im Premium-Supermarkt Al Campo im Inneren der Insel kauften sie die leckersten

Spezialitäten. Einen Champagner Grande-Dame, Tunfisch-Sushi, Erdbeersorbet und andere kulinarische Raffinessen, als würdige Begleiter für einen sehr erotischen Abend mit dem eigenen Pornofilm.

Ben trug einen eleganten, blauen Anzug mit weißem Hemd, Cora ein rotes, enges Top mit Spaghettiträgern und einen sehr kurzen schwarzen Lederrock. Dazu ihre weißen Lackleder-Schnürstiefel mit hohem Absatz.

Der Champagner war sehr kühl und prickelte dezent auf der Zunge. Sie küssten sich lange, genossen die freudige Erregung. Die Brandung war sehr wild, am Himmel leuchteten die letzten Schleier der Abenddämmerung blutrot, der Wind war heiß wie ein Wüstenwind, schüttelte die hohen Palmen am Strand mit unsichtbarer Hand.

Der Film begann professionell mit cooler Musik, einem Schwenk über den Karibikstrand, dann ein leeres zerwühltes Bett auf dem zwei venezianische Masken lagen. Nie hätte sich Cora vorstellen können, wie sehr sie so ein Porno erregen könnte. Als beide zusahen wie Cora als Pornoqueen es wechselweise mit zwei Männern trieb, dabei laut stöhnte „..es ist so geil, ja, fester....",setzte Cora sich auf Bens Schoß und beide kamen nach nur wenigen Stößen.

„Was für ein geiler Streifen, den wir da gedreht haben! Cora, Du bist der Wahnsinn!", bewunderte Ben seine vielseitige Frau.

Nach dem Sexfilm waren beide bis in die Nacht zu aufgeregt um zu schlafen, so dass sie sich zu einer Massage mit warmem Olivenöl entschieden, noch aufgeladen mit sexueller Energie.

„Magst Du eine Massage von einer Porno-darstellerin...?", bot sich Cora mit entspannter Stimme an. „Gerne, aber ich kann nicht mehr als liegen", antwortete Ben, der gerade Cora noch ein zweites Mal befriedigt hatte und sich nun nur noch den Chill-Modus vorstellen konnte.

Trotzdem nahm er Coras festen Po auf seinem Rücken wahr und spürte wie sie scheinbar zufällig mit ihren Schamlippen seine Haut streifte. Unglaublich diese Frau, so sinnlich und einladend als wäre es das erste Mal.

„Bei so viel Sex an einem Tag, kann ich Dich jetzt auch fragen, was mir schon häufiger durch den Kopf gegangen ist, oder?", sagte Cora ganz beiläufig während sie sanft Bens Nacken massierte.

„Was meinst Du?", flüsterte Ben, der nun vollkommen gechillt war, mal abgesehen von der doch leichten Erregung, die sich durch Coras Berührungen langsam wieder ausbreitete.

„Ich frage mich manchmal, ob Du gerne noch etwas anderes beim Sex hättest, was ich vielleicht noch nicht kenne und Du nicht sagen magst. Also die Phantasien, die Du hast, so wie der Typ in 50 Shades of grey oder so?"

Ben entgegnete leise „Ein vertrauter Gedanke. Also nicht der 50 Shades-Typ, sondern das Interesse an dem , was Du selbst sexuell erlebst und wohin die Phantasiereise dabei geht". Obwohl sie sich so gut kannten, war es nicht einfach dieses letzte Fleckchen der geheimen sexuellen Wünsche zu ergründen. Zu groß war die Sorge, damit etwas kaputt zu machen, die Vertrautheit und den perfekten Sex aufs Spiel zu setzen.

Doch es wären nicht Ben und Cora gewesen, wenn sie an diesem Punkt haltgemacht hätten. Wäre es wirklich ein Unterschied mit einem anderen, einem unbekannten Partner Sex zu haben? Würde man sich anders verhalten, kreativer oder zurückhaltender sein? Ohne Zweifel gab es bei jedem Menschen und bei jedem Paar ein gewisse Hemmschwelle, die zwar immer geringer wurde, doch es blieb dabei: manche Vorlieben behielt jeder für sich.

„Erzähl mir irgendwas, was ich noch nicht von Dir weiß, vielleicht magst Du ja mal mit meiner besten Freundin oder meiner Schwester Sex haben, wenn ich nicht da bin?", lächelte Cora, denn so verrückt der Gedanke war, unmöglich war nichts.

„Das eher nicht. Zumindest ist es noch keine Phantasie gewesen", erwiderte Ben amüsiert. „Aber ich fände es sehr geil, wenn ich manchmal zu Dir sagen könnte: zieh doch mal Deine Stiefel an und die rote Lackleder-Corsage, ich hab gerade Lust es mit Dir zu treiben ohne große Vorbereitung und Vorspiel"

„Und? Warum sagst Du es dann nicht einfach? Mehr als ein Nein würde nicht passieren können, wahrscheinlich würde ich mich über das Alternativprogramm mehr freuen als über einen Abend an dem ich nur müde abgehangen hätte....".

„Und Du?", drehte Ben den Spieß um.

Cora zögerte etwas bevor sie antwortete, massierte Bens muskulösen Rücken weiter und begann auf seinem Oberschenkel zu reiten.

„Es ist dieses Gefühl begehrt zu werden, zu spüren, dass ein Mann Lust auf mich hat, mich einfach nur will. Dann kann ich sofort vom Staubsaugen oder was auch immer, umschalten auf Geil-werden und kommen lassen was das Leben mir bietet...".

Allein der Gedanke daran, dass sie gedankenverloren die Küche aufräumt, Ben nach Hause kommt, sie ohne Worte küsst und ihr die Hose öffnet, lies ihr Herz schneller schlagen. Ihr Becken kreiste auf Bens Oberschenkel immer intensiver, aber sie ließ es nicht zu, dass Ben sich umdrehte um es mit seiner Masseurin zu treiben.

Der spontane Sex war genauso wichtig wie der verabredete, geplante, bot aber mehr Gelegenheit sich so zu lieben, wie man es die ersten Male vielleicht getan hatte.

Ben hatte sich umgedreht. Cora saß auf ihm und er hielt ihren muskulösen Po in den Händen, während ihre Arme Ben fest umschlungen.

Gleichmäßig, rhythmisch vor und zurück, in Kreisen sich bewegend, ganz nah, genossen sie diese einzigartige Stellung. Im Rhythmus der unbändigen Wellen wurde ihr Liebesspiel heftiger und heftiger.

Der heiße Wüstenwind hatte das Fenster weit aufgestoßen, ließ die Vorhänge wild hin und her flattern, berührte die erhitzten Körper als wollte er sie noch mehr antreiben. Dieser Höhepunkt schien unendlich; Cora kam mehrmals und Ben bekam nicht genug von seiner Königin der Lust, die ihn mal wieder mitgenommen hatte in ihr magisches Reich der Sinnlichkeit.

3. Im Kloster Lluc – Das Separee

Der weiche Wasserstrahl des Duschkopfs ließ sich punktgenau mit angenehmem Druck lenken. Eine Mischung aus Massage, Kitzeln und Streicheln, wie sie es mochte. So gerne würde sie in der Dusche kommen, viel fehlte nicht mehr dazu, der Wasserstrahl spielte mit ihr. Doch die Gewissheit, dass sie, wie an jedem Urlaubstag, heute wieder ein erotisches Abenteuer erleben würde, lies sie Abschied nehmen von der lustvollen Morgendusche.

Nach einem entspannten Frühstück in der warmen Morgensonne, bei dem sie nicht versäumt hatte, ihm kurz von den anregenden Wasserstrahlen zu erzählen, machten sie sich auf den Weg zum Kloster Lluc. Diese kleinen erotischen Geschichten, die sie ihm beiläufig erzählte, beflügelten seine Phantasien und machten Ben immer wieder kreativ, sich neue Spiele mit der gemeinsamen Lust einfallen zu lassen.

Die Luft war noch etwas kühl und auf der langen, geraden Straße nach Sa Pobla war um diese Zeit wenig Verkehr, so dass sie entspannt mit einer Brise

Rückenwind auf ihren Carbon-Rennrädern dem Inselinneren entgegen rollten.

Cora fuhr vor ihm und er liebte es, ihr auf den Po, ihre langen muskulösen Beine und die im Wind flatternden blonden Locken zu schauen. Durch die typisch mallorquinischen Orte Buger, Campanet und Caimari ging es zügig vorwärts in Richtung Serra de Tramuntana.

Der Duft von Kräutern, Pinien, trockenem Holz und warmem Asphalt, sowie die einzigartigen Serpentinen, die hinauf zu atemberaubenden Ausblicken über die gesamte Insel führten, machten diese Auffahrtvariante zum Kloster Lluc- den Col de Sa Bataja- zu einem absoluten Rennrad-Highlight.

Plötzlich bremste Cora vor ihm und stürzte fast vom Rad. Nur mit Mühe konnte er ihr ausweichen ohne sich zu verletzten. Die Kette zwischen den Zahnrädern der Kompaktkurbel war eingeklemmt. Kein großes Problem, so dass es eigentlich hätte schnell weiter gehen können. Aber Ben zog Cora hinter einen großen, dichten Magnolienstrauch um sie zu küssen Zu sehr hatte ihn das Bild von ihrer morgendlichen Duschbefriedigung begleitet.

Sie spürte seine starke Erregung, zog ihre Radlershorts am Bein ein wenig zur Seite und erlaubte ihm, ihre feuchten Lippen zu lecken. Er war verrückt nach diesem besonderen Genuss, der sich durch den ganz leichten salzigen Geschmack noch steigerte.

Ihre vom Sattel etwas unempfindlich gewordene Klitoris wurde sanft wieder zum Leben erweckt und schon zum zweiten Mal am heutigen Tage näherte sich der Höhepunkt, den sie nur allzu gerne jetzt zugelassen hätte, so gut konnte er das, mit seiner Zungenspitze. Doch Cora hatte noch Pläne für diesen Tag - aufregende Pläne....

So fuhren sie weiter, Höhenmeter um Höhenmeter, hinein in diese zauberhafte Bergwelt. In den steileren Serpentinen ging Cora aus dem Sattel, ihre wundschönen, straffen Beine glänzten in der Sonne und wer in ihrem Windschatten fuhr, der wurde unweigerlich in den Bann Ihrer Schönheit gezogen.

Sie trug einen hauchdünnen String unter ihren Radlershorts, der ihre perfekt trainierte Po-Muskulatur stark betonte und dadurch häufig Windschatten-Fahrer anlockte, so windstill und gemütlich der Anstieg auch war.

Das sportliche Paar passierte das Café und die Tankstelle um direkt zum Kloster abzufahren. Eine imposante Klosteranlage in landschaftlich atemberaubender Lage erwartete sie. Nach einem Café con leche und einer Tarta de Almendras, dem vorzüglichen mallorquinischen Mandelkuchen, der nur auf Mallorca so gut schmecken kann, erkundeten sie das Kloster und entdeckten ein Hotel im Innenhof.

„Komm, wir schauen es uns mal von innen an, vielleicht etwas für unsere Flitterwochen!", scherzte

Cora, während sie Ben sanft an der Hand in Richtung Rezeption zog und den Portier begrüßte: „Buenos días! Könnten wir uns vielleicht ein Zimmer mal ansehen? Dieses Kloster ist einfach wundervoll!"

„Buenos dias, ja, kein Problem, nehmen Sie ruhig den Schlüssel. Ich muss leider sofort in die Küche zu einem Notfall. Der Koch kann nichts mehr schmecken, eine Katastrophe!", sprach der Rezeptionist, warf ihnen einen Schlüssel zu und eilte den Gang hinunter.

„Ich dachte, wir fahren noch nach Sa Calobra heute. Willst Du hier jetzt übernachten?", erkundigte Ben sich verwundert. „Nur mal schauen, ganz kurz", flüsterte Cora ihm zu.

Das Zimmer mit der Nummer 6 war klein, aber sehr gemütlich eingerichtet mit schöner Aussicht auf den Wald. Während Ben aus dem Fenster blickte und sich fragte, wann es denn nun endlich weiterginge, verschwand Cora kurz in dem winzigen Badezimmer. Es duftete angenehm nach frischem Zedernholz in dem Raum und erinnerte Ben an seine letzte Geschäftsreise nach Paris.

Es war ein kleines Hotel im Norden der Stadt. Unscheinbar von außen, aber typisch französisch und gemütlich von innen. Die Besitzerin hatte ein Händchen für Details und so fühlte man sich ein wenig wie in der Welt der Amelie, einem kurzweiligen französischen Spielfilm, der auf nette

Weise viele Klischees bediente und den Zuschauer mitnahm auf eine Phantasiereise nach Frankreich.

Müde schlug Ben die Bettdecke zurück und entdecke den sorgfältig dort platzierten Zettel. Zunächst fiel ihm der große Smiley ins Auge, neben den harmonisch geschwungenen Schriftzeichen. „Ich habe in Ihrem Bett masturbiert", mehr war dort nicht zu lesen. Ohne zu wissen warum, führte er den Zettel langsam zur Nase und roch daran. Absurd, wonach sollte er schon riechen? Aber doch, ein zarter Duft nach Zedernholz lag darin und zauberte ihm ein Lächeln auf die Lippen. So müde er war, so sehr wuchs die Neugier, das Interesse zu wissen, wer diese Nachricht hier hinterlassen hatte.

Ein kleines Stück Papier hinderte ihn daran einfach einzuschlafen nach diesem ereignisreichen Tag. Seine Gedanken kreisten um das verschwommene Bild einer nackten, masturbierenden Frau in diesem Bett. Nur zeitlich verschoben lagen hier zwei Menschen, die sich überhaupt nicht kannten, sich niemals in diesem Leben begegnet waren und sich doch so sinnlich berührten als gäbe es ein geheimes vertrautes Band zwischen ihnen. Der Schlaf kam langsam und sanft, warmer weicher Sand, in den Ben mit einem Lächeln einsank.

Der Zettel war am Morgen immer noch da. Keine Phantasie. Eine Frau, so nahm Ben zumindest an, hatte diese Zeilen aus welcher Absicht auch immer hier im Bett hinterlassen. Diese Geschichten gab es sicher nur im Fernsehen und bestimmt hatte sich jemand einen Spaß daraus gemacht ihn zu irritieren. So verbrachte Ben den Tag mit geschäftlichen Dingen und vergaß den kleinen Zwischenfall.

Am Abend kehrte er zurück in sein angenehmes Hotelzimmer, las noch eine Weile um dann frühzeitig ins Bett zu gehen. Dieses Mal war es ein Stück roter Stoff, der seine Aufmerksamkeit fesselte. Winzig klein ragte dort ein leuchtend rotes Etwas unter seinem Kopfkissen hervor. Als er es hervorzog, hatte er einen sehr filigranen String-Tanga in der Hand. Er war fast durchsichtig, von so feinem Garn gewebt, dass er seine Finger durch den Stoff sah und sich gut vorstellen konnte, was dieser Hauch von Textil sonst zu verhüllen versuchte.

Auch dieses Mal roch er zaghaft an dem geheimnisvollen Gegenstand und war zunächst sicher, nur den Geruch von Waschmittel zu erkennen. Doch etwas roch auch vertraut, obwohl er dieses Waschmittel nicht kannte. Er roch erneut und erkannte eine Nuance des sinnlichen Duftes, der nur jenseits des Venushügels verströmt, wenn die Venus erstrahlt. Welche Schönheit hatte in diesem Bett ihre Weiblichkeit hinterlassen?

Es war der letzte Abend in Paris. Alle geschäftlichen Angelegenheiten waren geregelt, Ben hatte ein fantastisches Menü in seinem Lieblingsrestaurant um die Ecke vom Hotel genossen und freute sich nun auf das weiche Luxusbett in seinem Hotelzimmer.

Morgen würde er endlich wieder bei Cora sein und die Askese hätte endlich ein Ende.

Auf dem Bett lag eine kleine Schachtel. Mit Herzklopfen öffnete Ben die Schleife. Er ahnte, dass etwas Aufregendes passieren würde.

„Guten Abend, entschuldigen Sie bitte meine Offenheit. Ich habe Ihr Bett gemacht, Ihr Zimmer gereinigt und in dem Raum lag ein Duft, der mich wahnsinnig macht. Er erinnert mich an meine erste Liebe, die sehr leidenschaftlich und erotisch war. Möchten Sie heute Abend um 23 Uhr gemeinsam mit mir masturbieren? Zimmer 6"

Ben musste sich setzen und las die Nachricht wieder und wieder. Konnte das hier wirklich passieren? Es war inzwischen 22 Uhr 30. Das gab es sicher nur einmal im Leben, aber Ben dachte an Cora. Es gab keinen Grund sie zu betrügen, mehr sexuelle Erfüllung konnte sich kein Mann wünschen, soviel war sicher.

Doch Cora war auch ein Freigeist. Ben, hatte sie vor einiger Zeit gesagt, wenn Du irgendwann mal Lust auf eine andere Frau hast und sich ein schöner

Moment bietet, in dem Du glücklich bist und Du Lust hast auf eine Frau, die Dich fasziniert, dann sei frei und genieße das Leben. Ich liebe Dich von ganzem Herzen, immer. Liebe ist Freiheit und keine Leine.

Lange hatte Ben über das was Cora gesagt hatte nachgedacht. Eifersucht stieg in ihm auf, da diese ihm eingeräumte Freiheit natürlich auch bedeutete, dass Cora frei sein wollte.

Um 22 Uhr 55 entschloss er sich das Zimmer 6 aufzusuchen. Er klopfte, es ertönte ein „Qui?", mehr nicht.

Das Zimmer war abgedunkelt, leise Trommelklänge im Hintergrund. Auf dem Bett lag eine nackte Frau, eine sehr schöne nackte Frau, wie Ben sofort bemerkte. Sie trug eine goldene venezianische Maske und blickte ihn an.

„Schön, dass Sie gekommen sind….bitte ziehen Sie aus, was Sie nicht mehr brauchen…", sprach die nackte Schöne.

Irgendwie kam Ben die Stimme vertraut vor, aber er wusste nicht wo er sie einsortieren sollte. Das Bett hatte an Kopf- und Fußende eine hohe Holzlehne mit bequemen großen Kissen zum Sitzen, so dass sie sich, kaum einen halben Meter voneinander entfernt gegenüber saßen.

Die Schöne begann sich zu streicheln. Ihre erotische Ausstrahlung verzauberte Ben unmittelbar. Woher kannte er diese Frau mit der goldenen Maske? Ben wollte zu ihr, in sie eindringen, sie lieben nach allen Regeln der Kunst, doch sie genoss die sexuelle Begegnung auf Distanz und kam plötzlich, heftig wie ein Orkan. Kurze Zeit später kam auch Ben, deutlich leiser, aber mit großer Kraft.

Mit sanften Bewegungen verstrich sie die Tropfen, die Bens Leidenschaft auf ihr hinterlassen hatten.

„Ben, es ist lange her, aber ich habe das ganze Leben an Dich gedacht. Danke für die gute Zeit damals…".

Ben war sprachlos. Es war mindestens 20 Jahre her, das konnte nicht sein! Die Schöne nahm langsam die goldene Maske herunter und lächelte.

„Love! Du bist es!", Ben war nicht mehr zu halten.

Die beiden umarmten sich ohne ein Wort zu sprechen. Wie von selbst ergab es sich, so natürlich war dieses Wiedersehen, voller Leidenschaft, als hätten sie sich nie verloren. Sie liebten sich, genossen es, sich gehen zu lassen und die alte Liebe zu spüren, die immer da gewesen war.

Love war der Geruch nach Zedernholz und ganz viel Jugend und Leichtigkeit. Unvergessen, wunderschön! Bei diesen Erinnerungen durchströmte Ben eine wohlige Wärme, wie von der untergehenden Sonne nach einem heißen Sommertag.

Kurze Zeit später konnte Ben nichts mehr sehen, da Cora ihm von hinten die Augen zu hielt. Love war Vergangenheit und Cora war sein Leben.

„Überraschung! Schließe Deine Augen, dreh Dich um und fühl mich!" Sie war nackt, fast nackt, bis auf die gut fühlbaren halterlosen Strümpfe mit schmalem Spitzenbesatz, die sie in ihr Radtrikot geschmuggelt hatte, um auch heute bereit zu sein für ein Abenteuer in neuer Umgebung.

„Lass die Augen geschlossen, zieh Dich aus und ich führe Dich zum Bett". Zu überraschend kam die Wendung bei dieser scheinbar harmlosen Zimmerbesichtigung, so dass Ben sich einfach einließ auf dieses Spiel.

Das Bettlaken war angenehm kühl, er fühlte sich sofort wohl und war äußerst gespannt, was wohl nun kommen würde. Er lag nun genau unter ihr als sie ihr Becken senkte um auf seiner Zunge langsam hin und her zu gleiten.

Mit seinen Händen hielt er ihren knackigen Po und sie stützte sich leicht mit den Händen an der Wand ab, da auch seine Zunge viel Kraft hatte. Der Gedanke an den Portier, der unvermittelt auftauchen könnte, flackerte nur kurz auf, befeuerte aber die ohnehin bereits große Erregung der beiden.

Cora rutschte nun ein Stück tiefer und begann intensiv auf ihm zu reiten. „ Jetzt darfst Du die Augen aufmachen, mein Süßer!", stöhnte Cora leise und Ben genoss den Anblick seiner erregten Frau in den roten, hauchdünnen Nylons. Nach kurzer Zeit kamen beide zugleich und hatten große Mühe keine Geräusche zu machen in diesem stillen Gemäuer. Erschöpft, befriedigt und glücklich lagen beide eng umschlungen auf dem Bett, in dem Zimmer, dass sie eigentlich nur besichtigen wollten.

Schnell zogen sie sich an, und stellten mit Erschrecken fest, dass sich nun ein stattlicher runder Fleck mitten auf dem Bett befand… Sie rannten die Treppe runter und mussten lachen über ihre verrückten Ideen, die sie immer wieder hatten.

Der Portier war wohl gerade erst zurückgekehrt an seinen Platz, sah die beiden und erkundigte sich, ob ihnen das Zimmer gefallen würde. Verwundert blickte er auf die Geldscheine, die Ben auf den Tresen gelegt hatte, denn er wollte gerade das Anmeldeformular zücken.

„Nein, nein, lassen Sie mal, wir bleiben nicht. Aber wir haben bei der Besichtigung das Bett getestet und sind dabei so ins Schwitzen gekommen, dass dort nun ein Schweißfleck ist. Entschuldigen Sie vielmals, adiós!", sagte Cora im Vorbeilaufen und konnte auf dem Weg zu ihren Fahrrädern gar nicht mehr aufhören zu lachen. Der Portier staunte mit offenem

Mund, das Geld in der Hand, blickte er verwundert den beiden hinterher.

Selbst nach 20 Jahren hier an der Rezeption, gab es immer noch Menschen, die ihn überraschen konnten.

Was Ben und Cora jedoch nicht wussten war, weshalb der Portier überrascht war. In Windeseile stürmte er hinter den beiden her: „Aber, aber, por favor, meine Herrschaften! Sie haben doch noch gar nicht unseren einzigartigen Weinkeller und das kleine Kloster-restaurant besucht, Sie sind doch im Urlaub und nicht auf der Flucht...nehme ich an?", fügte er noch mit einem verschmitzten Lächeln hinzu.

Erstaunt und ein wenig verunsichert blickten sie sich an, entschieden sich aber dann kurzer Hand die temperament-volle Einladung anzunehmen. Mit einem zufriedenen Lächeln führte sie Carlos, wie sich der Portier vorgestellt hatte, hinab in ein steinernes Gewölbe, das ein wenig an alte Dracula-Filme erinnerte.

Schummrige Beleuchtung von tropfenden Kerzen an denen hier und da Spinnengewebe hing, martialische Schwerter an den Wänden und eine sehr steile Wendeltreppe. Gruselig, dachte Cora bei sich, aber irgendwie auch lustig, da sie immer noch auf Mallorca waren und es eher unwahrscheinlich war, dass sie im Keller Vampiren oder dem Grafen höchstpersönlich begegnen würden.

Die Treppe endete abrupt in einem sehr geschmackvoll eingerichteten Raum, der mit seiner Gemütlichkeit, Wärme und Klarheit zum Verweilen einlud. „Restaurante del Amante" (Restaurant des Liebhabers) stand in leuchtend roter Handschrift auf einem alten vom Wetter gegerbten Stück Treibholz, dass über einem dunkelbraunen Ledersofa mit Kuhflecken-Design in die Wand eingelassen war.

Es duftete nach gegrilltem Fisch, Rosmarin, Olivenöl, Knoblauch und Zitronen. Und obwohl es draußen helllichter Tag war, so erzeugte die gemütliche Atmosphäre, ein Gefühl, wie es aufkommt gegen Abend, wenn man sich zum Essen verabredet hat.

Ein Kellner, der keineswegs wie ein Vampir, sondern vielmehr wie ein sehr modebewusster Torero gekleidet war, stellte anmutig zwei Gläser Aperitif auf einen kleinen Bistrotisch.

Unausgesprochen war klar, sie würden hier zum Essen bleiben. So als hätte sie, mit diesem betörenden Duft nach mallorquinischen Delikatessen, die Insel persönlich zu einem Rendezvous eingeladen.

Carlos war wie weggezaubert, als sie sich zu ihm umdrehten. Eine Tür öffnete sich in der Steinwand.

Zum Vorschein kam ein kleines Esszimmer, ein Separee mit elegant gedecktem Tisch in der Mitte des Raums. Allein erhellt durch zwei Kerzen, die an der Wand flackerten.

Cora und Ben, nach wie vor in ihren Bike-Outfits, nahmen Platz und blickten sich um.

In der Mitte des Tisches war ein Tablet-PC eingelassen. Zu sehen war nur eine einzige App: "How to use this restaurant".

Cora wählte die deutsche Menüführung und wurde nun aufgefordert die Reihenfolge des Menüs zu wählen. Zur Auswahl standen zunächst Essen, Getränke, Musik, Sex. Eine wirklich ungewöhnliche Speisekarte! Es erklang eine leise Saxophonmelodie wie aus dem Nichts und ebenso unverhofft erschien der Torero-Kellner mit einem Servierwagen, auf dem so ziemlich alles stand was das Herz begehrte.

Wie ein Zauberer hatte er in Nullkommanichts alles für die beiden angerichtet und war mit einer kurzen Verbeugung und einem freundlichen Lächeln wieder verschwunden.

Die Tür schloss sich von selbst, sie waren nun ganz allein an diesem geheimen Ort unter dem Kloster, der offenbar keine Wünsche offen ließ.

Essen belebt unsere Seele, entspannt und öffnet die Tür zur verborgenen Lust. Erstaunlicherweise wurde es, je näher sie dem Ende des Essens kamen immer wärmer im Raum, so dass Cora nur noch im BH und String vor Ben saß, der inzwischen auch lediglich mit seinen Bikeshorts bekleidet war. Wie Cora seinen glänzenden muskulösen Oberkörper liebte....

Und Ben genoss den Anblick dieser wunderschönen halbnackten Frau, die er über alles liebte und begehrte.

Die App sorgte dafür, dass genau in dem Moment als Ben den letzten Krümel von seinem Teller gegessen hatte das Licht ausging. Im Raum waren winzige Displays verteilt, die hinwiesen auf die Möglichkeiten, die dieser Ort für sexuelle Begegnungen bereithielt.

Cora war begeistert, denn der Tisch hatte ein automatisches kleines Kopfkissen, das ihren Kopf gut stützte und an den Seiten warme Handgriffe. So komfortabel war der Sex auf einem Tisch noch nie für die beiden gewesen! Ben genoss es wie hart Cora gegen halten konnte. Ihre langen schlanken Beine fest in den Händen drang er tief in sie ein und Cora vibrierte vor Erregung. An den Wänden blinkte für beide sichtbar eine Warnung auf: "Nicht kommen, weiter probieren".

Da hatte sich aber jemand wirklich Gedanken gemacht! Sie probierten den Stuhl, die Bank und sogar den Kronleuchter, der für Cora Schlingen zum Festhalten hatte und von der Höhe so gut abgestimmt war, dass Cora wählen konnte, ob sie Bens Mund oder seine Hüfte erreichen wollte.

Der Höhepunkt war der Dildo-Sattel, ein Unikat, das es sicher nur hier geben konnte! Ein großer Holzstuhl auf dem ein echter Pferdesattel montiert war, so dass

Cora darauf sitzen konnte und mit beiden Händen an der Lehne guten Halt fand. Auf dem Sattel war ein angenehm warmer Vibratordildo montiert, den Cora mit einem lustvollen Schauder in sich hinein gleiten lies. Während sie es Ben mit dem Mund besorgte, ritt Cora dem Höhepunkt entgegen, die Musik wurde lauter, das Dämmerlicht wich der Dunkelheit als beide zugleich kamen. Was für ein irrer Trip!

Erschöpft und zufrieden zogen sich Ben und Cora an, tranken noch den Rest von dem nach reifen Pflaumen duftenden Portwein aus und wollten gerade die Tür suchen, als in der Wand ein bisher unbemerkter roter Türgriff blinkte. Die Tür ließ sich mühelos öffnen und führte zu einer steilen Treppe, die nach oben ging. Am Ende der langen Treppe wieder eine Tür, dann standen sie in einem Hotelzimmer, das ihnen bekannt vorkam. Ja, es war das Zimmer von heute Morgen! Auf dem Bett lagen zwei rote Rosen, zwei Zahnbürsten und eine kleine Nachricht:

„Ich freue mich, dass Sie bei uns bleiben. Frühstück im Garten um 7 Uhr. Schlafen Sie gut, herzlichst Ihr Portier Carlos".

Cora und Ben mussten lachen. Er hatte dann doch Recht behalten, dass man dieses Kloster nicht so einfach verlassen konnte - und wollte......

4. Valle D'Orient – Die Finca

Coras Handy vibrierte kurz und riss sie aus ihren Gedanken. Nach einem ereignisreichen Tag, wollte sie nur noch zurück ins Hotel, baden, chillen und das war's. Aber ihre innere Stimme riet ihr, kurz auf die Nachricht zu schauen.

Ihre beste Freundin Maya hatte vor kurzer Zeit ein kleines Unternehmen, wie sie es nannte, am langen Sandstrand von Alcudia auf Mallorca eröffnet und nun war ihre Kollegin krank geworden, so dass sie dringend Hilfe brauchte. Maya hatte Glück. Cora opferte zwei Tage ihres Urlaubs um auszuhelfen. Jedoch wobei sie helfen sollte, wurde ihr erst klar, als sie am Morgen sah, was die Dienstleistung des „kleinen Unternehmens" war.

Maya bot Körperbemalungen und Piercings zum Anklipsen an, für alle, die auf Körperschmuck standen, aber noch nicht sicher waren, ob sie ihn auch länger als die ein oder zwei Wochen schön finden würden. Cora wurde als Model dekoriert um dann wie eine Werbetafel von Maya präsentiert zu werden.

Sie bekam ein Tribal-Tattoo knapp über dem Po, eine kleine schwarze Rose mit roten Blättern auf die rechte Seite neben ihre kurze Intimrasur, direkt gegenüber eine Schlange und so ging es weiter bis hin zu kleinen Perlenclips für ihre privatesten Zonen. Cora war sehr gespannt, wem wohl diese ganzen Details zu zeigen wären und wäre Maya nicht ihre beste Freundin in Not gewesen, so hätte sie den Job sicher abgelehnt.

Aber die Nachfrage war unerwartet groß, was vielleicht auch an dem Outfit der beiden schönen Frauen lag: Beide trugen weiße Netzminiröcke mit leuchtend roten Bikinis dazu; die Tattoos waren gut sichtbar und unterstrichen die erotische, lässige Ausstrahlung der Frauen. Maya sprach gezielt attraktive Pärchen an und schon beim dritten Versuch war eine junge Engländerin sehr interessiert. Leider direkt an den intimsten Clips und Cora hoffte, dass ihr die Bilder aus Mayas Katalog reichen würden. Aber nein, sie wollte es live sehen um ganz sicher zu sein, dass es auch wirklich gut aussah und vor allem hören, dass es nicht wehtat.

Also suchte Cora mit der Engländerin ein ruhiges Plätzchen in den Dünen hinter dem Strand, was es tatsächlich noch gab. Etwas verlegen legte sich Cora in den Sand, schob ihren Netzmini ein wenig zur Seite und präsentierte den roten Klitorisring mit kurzer Silberkette. Die Engländerin setzte sich vor Cora in den Sand und entblößte ihre Muschi ebenfalls.

„Do you think your jewelry will suit me?". Cora lächelte und nickte: "For sure, you've got a very sexy pussy". "Thank you, I like yours either! "

Und so waren sich die beiden Frauen einig. Beide waren von der Natur gut beschenkt worden und mochten ihre Körper, mit dem passenden Schmuck vielleicht noch ein bisschen mehr.

Für die nächste Kundin musste sich Cora mit dem Rücken zu ihr hinknien und rhythmisch mit dem Becken wackeln, da sie überprüfen wollte, ob so ein Tribal-Tattoo auch wirklich gut zu sehen ist. Der Begleiter der Kundin zog sich recht schnell ein Handtuch über seine Badeshorts und versuchte nicht allzu gierig der Kunstausstellung zu folgen, was ihm mehr schlecht als recht gelang, da das Tattoo auf Coras Rücken wirklich sexy aussah.

So ging der Tag dahin. Die beiden Freundinnen hatten viel zu lachen und machten mit ihrer unbeschwerten Art und natürlich auch mit ihrem besonderen Outfit ein gutes Geschäft in der heißen Sonne am Strand von Playa de Muro. Am Abend dankte Maya Cora noch viele Male und beschwor sie, den Körperschmuck als Überraschung für Ben anzubehalten. Cora war müde, aber wollte ihrer Freundin auch nicht die Freude verderben und überlegte sich, dann eben zuhause alles abzunehmen und sich dann zu baden.

Maya hatte Cora als Dankeschön für einige Tage ihre kleine Finca im Valle de Orient überlassen, die sie von ihrem Großvater geerbt hatte und in der sie nur zeitweise wohnte, da der tägliche Weg zum Strand zu weit war. Maya schlief bei ihren Freundinnen in einer kleinen Hütte in den Dünen, wo die vier Frauen in der Hochsaison bleiben durften. Eine von ihnen schlief ab und zu mit dem Besitzer des Strandabschnitts, somit war auch alles irgendwie legal.

Also fuhr Cora nach Hause in die Finca und hoffte auf einen gemütlichen Abend vor dem Fernseher gemeinsam mit Ben, der ebenfalls hoffentlich müde war. Zuvor vielleicht noch eine heiße Badewanne und dann schlafen….Neugierig wie sie war, musste sie aber die SMS öffnen, die sie gerade aufgeschreckt hatte, sie war von Ben: „Wenn Du müde bist und nur in die Badewanne möchtest, kein Problem, dann lies nicht weiter, bis später, lg Ben ,…wenn Du vorher ins Bett mit mir möchtest, dann vielleicht mit einer kleinen erotischen Phantasie? Dein Amor."

Sie war froh, fast die Finca erreicht zu haben, da sich ein leichtes Prickeln, ein wohliger Schauer der Vorfreude auf ihrer Haut ausbreitete. Cora und Ben hatten ein gemeinsames Rollenspiel, in dem Cora Lola und Ben Amor hieß. In ihren Rollen waren beide professionelle Pornodarsteller, die sich nur zum Sex trafen und keine Tabus kannten. Alles war erlaubt, was der andere zuließ und nachdem beide gekommen waren, verwandelten sie sich sofort zurück in Ben und Cora.

Was sich Ben bzw. Amor heute wohl ausgedacht hatte? Die Rollenspiele der Vergangenheit waren immer sehr heiß gewesen und ohne weiter ihrer Müdigkeit nachzuhängen schrieb sie kurz: „Lola trägt nur ihre Tattoos und Intimpiercings, sonst nichts….". Das Spiel konnte beginnen.

Als sie das Haus betrat, nahm sie die leisen Chill-Out-Klänge war und roch den Duft von heißem Kerzenwachs. Überall im Haus waren kleine Kerzen verteilt, flackernde Schatten durchzogen die Räume. Es dauerte eine Weile bis die Augen sich in der ansonsten vollkommen dunklen Finca zurecht fanden. Es war ein altes Gemäuer aus formschönen, gelblichen Natursteinen gebaut, die Fenster und Türen aus dunkelbraunem Mahagoniholz.

Große Fenster zum Garten mit Blick auf die gewaltigen Felswände, die das Valle de Orient überragten.

Sofort verflog die Anspannung des Tages und wich einer aufsteigenden Erregung. Langsam ging sie den Weg in die Küche, durchdrungen von lustvoller Vorfreude. Hatte er ihr wieder ein Drehbuch auf den Tisch gelegt?

Sie erinnerte sich an das erste Mal. Nie zuvor hatte ihr ein Mann Anweisungen aufgeschrieben, wie er mit ihr Sex haben wollte!

Die vielen Männer, die sie vor ihm geliebt hatte, waren immer sehr zufrieden gewesen, dachte sie zumindest. Zufrieden reichte Ben aber nicht und Amor schon gar nicht. Er inszenierte ihren Sex immer wieder aufs Neue.

Ein Schauder lief ihr über den Rücken und sie schüttelte sich leicht während ihre Lippen begannen zu kribbeln, feine Perlen schienen sich von innen nach außen zu bewegen, ihre Klitoris pulsierte heiß wie flüssige Lava. Wie schaffte er es nur mit einem kleinen Heft, das er gut sichtbar auf den Tisch gelegt hatte, in ihr so schnell alle Gedanken in Richtung Sinnlichkeit zu lenken?

Die Bilder, es waren die Bilder in ihrem Kopf. Sie sah sich im Spiegel, kniend mit aufgestützten Armen, nur schemenhaft erleuchtet von einer verborgenen Kerze. Bewegungslos stand er hinter ihr, hielt mit seinen muskulösen Armen ihre Taille. Mit vor Erregung glänzenden Augen bewegte sie sich sanft vor und zurück, vor und zurück, sah im Spiegel wie er ohne etwas zu tun, in sie hinein und fast hinaus glitt. Mit einer Hand berührte sie ihre Brust und rollte mit Gefühl ihre spitze Brustwarze zwischen zwei Fingern, genau wissend, dass er ihr zusah, spürte sie wie er in ihr vibrierte.

Nein, sie wusste, er würde noch lange nicht kommen, das Drehbuch hatte noch viele Kapitel…Amor schrieb den ersten Teil, aber Lola war frei in ihrer Rolle und führte Regie über den Rest des Films, den sie spielten. Die Bilder vor ihrem inneren Auge ließen sie mit leichtem Zittern nach dem Heft greifen. Sie spürte die erregte Anspannung, die sich in ihr ausgebreitet hatte und sie drängte, sie neugierig machte.

Ja, sie wollte endlich losgehen um ihn zu suchen in dem weitläufigen Haus mit den vielen Zimmern. Doch sie kannte die Spielregeln und so oft hatten diese Regeln sie fast in den Wahnsinn getrieben, sie gezwungen endlos lang in ihrer unerfüllten Lust zu verharren.

Die Ecke eines Fotos ragte aus dem Heft hervor und als sie es aufschlug, blickte sie auf ein Bild von zwei eng umschlungenen Körpern. Eine hellhäutige Frau saß mit geschlossenen Augen und leicht geöffnetem Mund auf dem Schoß eines ebenfalls nackten, aber dunkelhäutigen Mannes mit dichten lockigen Haaren, vermutlich ein Brasilianer. Ein Moment der absoluten Vereinigung; das Bild schien in ihren Händen zu leben, zu vibrieren.

Einmal hatte sie, lange Zeit vor Ben, eine Affäre mit einem Brasilianer gehabt, eine sehr aufregende Begegnung, durch die sie gelernt hatte, dass es nicht nur vaginale Orgasmen gab. Aber das war lange her. Woher wusste Amor von ihrer Phantasie mal wieder mit einem Schwarzen Sex haben zu wollen? Hatte sie ihm etwa von ihrer damaligen Affäre erzählt? Amor genoss es manchmal, Geschichten von ihr zu hören, wie sie mit anderen Männern geschlafen hatte und liebte es von ihr geritten zu werden während sie ihm leise von ihren geheimen Sexabenteuern mit allen intimen Details erzählte, die sie zuweilen auch erfand, was aber Amors Lust nicht störte.

Unbewusst hob sie ihr Becken und spannte ihre Oberschenkel, so als wäre sie die Frau auf dem Bild, als wäre sie dabei mit diesem attraktiven, schlanken exotischen Mann alles zu genießen, was für sie die vollkommene Sinnlichkeit bedeutete. Sie betrachtete weiter das Foto, während sie von dem eiskalten Champagner probierte, der angenehm leicht und frisch ihre Zunge berührte.

Neben dem Glas lag ein kleines Etui mit einem Herz darauf. Darin fand sie den Fingervibrator bei dessen Anblick sie die Beine übereinander legen musste, da ihr noch heißer wurde. Unter dem Etui lag ein Tablet-PC mit einer Notiz: „Schau Dir im Dunklen den kleinen Film an, vielleicht begleitet Dich der kleine Vibrator….Ist der Film zu Ende, dann findest Du im großen Badezimmer eine Schachtel. Öffne sie und entscheide selbst, ob Dir danach ist, folge dann den Kerzen in die Dunkelheit….".

So geheimnisvoll hatte er sie noch nie empfangen; ja, sie wollte diese Schachtel öffnen. Doch zuerst musste sie sich das Video anschauen. Das Paar von dem Foto liebte sich sehr intensiv und ästhetisch, wie schön und sexy die beiden waren! Cora genoss es zuzusehen und mit dem kleinen Fingervibrator fühlte sie eine ähnlich heftige Lust wie das Liebespaar. Der Film endete abrupt und Cora ging langsam den Kerzen nach, die auf den Steinstufen nach oben verteilt waren.

Aufgeregt hob sie den Deckel von dem flachen und recht großen, edlen Karton. Ein mit tiefroter Tinte von Hand beschriebenes Blatt verdeckte den Inhalt.

„Verehrte Lola, verkleide Dich für unser Spiel, so wie es Dir gefällt; seit Jahren träume ich davon, Dich in diesen Accessoires zu sehen. Es beginnt mit einem Fotoshooting für das Du engagiert worden bist, ich bin der Fotograf und gebe Dir die Stellungen vor. Danach werde ich das Licht ausmachen und Du legst Dich aufs Bett, so dass ich Dich überall verwöhnen kann. Die Hände legst Du in die automatischen Handschellen am Kopfende, sie öffnen nach zehn Minuten. Ich errege Dich bis Du fast kommst. Dann setzt Du Dich auf mich und reitest mich ganz langsam, lass mir Zeit Dich zu genießen. Wenn Du merkst, dass ich fast komme….übernimmst Du die Regie".

Das Leder der Stiefel fühlte sich angenehm kühl an auf ihrer nackten Haut. Noch nie hatte sie rote Lackstiefel getragen. Diese reichten ihr fast bis zum Po; die hohen Absätze verlangten ihrem Gleichgewicht einiges ab. Geschickt schnürte sie die glänzend schwarze Lederkorsage, die ihre nackten Brüste stützte. Passend dazu fand sie eine schwarze

Augenmaske mit Glitzersteinen, die an einen Maskenball erinnerte. Unglaublich, diese Frau im Spiegel war sie selbst und dann doch nicht. Sie war nun ganz Lola und überprüfte, ob ihr Intimschmuck auch gut zur Geltung kam. Amor würde überrascht sein, aber sie würde ihm nicht erlauben so schnell zu kommen, schließlich waren sie Pornostars! Das Rollenspiel verstärkte ihre Lust so sehr, dass sie sich vor den Spiegel setzte und masturbierte.

Es gefiel ihr mit dem neuen Klitorispiercing zu spielen, leicht daran zu ziehen, ein kleiner Schmerz, der in Lust überging. Er würde es lieben, wenn sie so feucht zu ihm kommen würde. Noch ein kleines Glas Champagner, dann ging Lola los.

Sie öffnete die Tür. Einige Teelichter erhellten den Weg durchs Haus ins weitläufige Wohnzimmer, welches bis auf wenige Möbelstücke fast leer war. In der Mitte hatte Amor das Sofa zu einer riesigen Liegefläche mit weißem Laken umgebaut. Als sie eintrat empfing sie Amor im Anzug mit Sonnenbrille, ein Fotograf, ganz wie vereinbart. Lola küsste ihn rechts und links auf die Wange: „Fangen wir an?", mehr sagte sie nicht.

Sie ging langsam auf und ab. Ihr entging nicht, dass Amor beim Fotografieren ein wenig zitterte und an seiner dünnen Anzughose sah sie, wie gerne er nun diesen Part doch übersprungen hätte. Er ließ sie in allen möglichen Posen zeigen wie sexy sie war. Ganz

Profi, lies sie sich nicht anmerken, dass noch nie zuvor jemand ihre Muschi fotografiert hatte und schon gar nicht während sie solche Stiefel trug! Die Maske half ihr in der Rolle zu bleiben und allmählich genoss sie die erotische Anziehungskraft, die sie ausübte. Zeigte gerne ihre neuen Piercings und streckte ihren straffen Po mit dem Tribal darüber der Kamera entgegen. Amor konnte nicht mehr länger warten.

Er zog langsam seinen Anzug aus, löschte das Licht und näherte sich im Kerzenschein Lola, die entspannt auf dem Rücken lag mit den Händen in den Handschellen. Mit geschlossenen Augen spürte sie seine vollen, warmen Lippen und seine Fingerspitzen, die fühlten, dass sie bereit war, bereit für alle Spiele.

Ihr neues Piercing fühlte sich zunächst kühl an auf seiner Zunge. Vorsichtig nahm er es zwischen seine Lippen und zog daran. Lola wollte mehr davon, öffnete ihre Beine, so dass er es leichter hatte, sie mit seiner Zunge zu befriedigen. Amor drang in sie ein so tief er konnte, spürte ihre kühlen Stiefel auf seinem Hintern als Lola die Beine fest um ihn legte. Sie würde gleich kommen... Plötzlich lösten sich die automatischen Handschellen, die Zeit war abgelaufen. Lola löste sich von ihm und drückte ihn sanft auf das Sofa, führte seine Hände in die Handschellen, die sich mit einem leisen Surren schlossen. Sie küsste ihn, schmeckte das Aroma ihrer Muschi, genoss seine Zunge in ihrem Mund.

Lola kniete über Amor, streifte mit ihren harten Nippeln über seine Lippen, dann über den ganzen Körper, nahm seinen festen Schwanz zwischen ihre Brüste und wippte leicht hin und her bis Amor laut stöhnte. Sie drehte sich um, ließ sich lecken wie es ihr gefiel und erlaubte ihm mit seiner Zunge zu tun was er wollte. Lola war einfach nur geil und rieb sich ihre Muschi vor seinen Augen, drang mit den Fingern ein, besorgte es sich so wie sie es liebte. Ja, so wollte sie kommen, mit seinem Schwanz im Mund, zwei Fingern in ihrer Muschi und seiner Zunge an ihrer Klitoris. Lola bewegte ihr Becken im Rhythmus der Chillout-Sounds, verlor sich in dem Gefühl eine Pornoqueen zu sein, die einfach wusste was geil war und sie kam langsam und heftig zum Höhepunkt als auch Amor in ihr kam.

Es wurde gerade Morgen, als die beiden noch erschöpft und glücklich auf dem großen Sofa lagen. Die ersten Sonnenstrahlen ließen die hohen Fels-wände des Valle de Orient orange leuchten, tauchten alles in ein mildes rötliches Licht. Diese einzigartige Nacht ging allmählich zu Ende.

Die Luft war noch etwas kühl, aber die Sonne der letzten Tage hatte den Pool im Garten aufgewärmt. Nackt gingen Ben und Cora in den Garten, ließen Amor und Lola im Wohnzimmer zurück und stiegen in das klare hellblau scheinende Wasser. Ben gefiel es, wenn Cora sich eine Zeitlang ihre Intimfrisur etwas länger wachsen ließ, doch heute wollte sie eine Rasur. Nachdem sich Cora abgetrocknet hatte, setzte sie sich mit gespreizten Beinen auf eine Liege und ließ sich von Ben mit Rasierschaum einschäumen. Vorsichtig rasierte er ihr alle Haare. bis die Haut um ihre Muschi ganz glatt war.

Der Ausblick vom Wintergarten über die Insel und auf das Valle de Orient war einzigartig. Sie saßen lange beim Frühstück, ganz entspannt in ihren Bademänteln, so als wäre die Zeit stehen geblieben und das Morgen noch nicht erfunden. Es war Sonntag. Für die beiden immer schon der Tag, an dem die Welt egal war und sie es genossen einfach da zu sein. Anfangs liebten sie sich fünf oder sechs Mal am Tag, später dann weniger häufig, aber immer intensiver.

Cora liebte es, ihm Phantasien zu entlocken, wenn sie gemeinsam mit einem Glas Wein in der Hand im Bett lagen und verregnete Sonntagnachmittage mit Leben füllten. Seit sie sich kannten, verbrachten sie unzählige Sonntage damit, sich gegenseitig zu genießen mit allen Sinnen. Nie würde Ben den Tag vergessen, als Cora begann zu masturbieren, während sie in seinem Arm lag.

Es war ein warmer, schwüler Sommertag, Cora trug nur einen BH und einen kurzen Rock, Ben hatte Boxershorts an, beide chillten angelehnt im Bett bei einem Glas Portwein und ruhiger Musik. Cora begann beiläufig ihre Muschi zu streicheln, während sie weiter ihr Glas in der Hand hielt und ihr Kopf auf Bens Schulter ruhte. Er legte seine Hand auf ihre Brust und bewegte leicht seine Finger über ihre Brustwarze. Cora schob den Rock ganz nach oben, spreizte ihre langen schlanken Beine um ihm einen ungehinderten Blick auf ihr Spiel zu gewähren. Leise stöhnte sie, legte das leere Weinglas auf die Decke und begann ihn mit der anderen Hand zu streicheln.

„Entspann dich und erzähl mir eine von Deinen Sexphantasien, vielleicht ein Dreier oder doch Sex im Aufzug....?"

„Du zuerst", war alles was Ben heraus brachte, zu verlegen machte ihn dieser Moment. Er war zu erregt durch ihre Lust, die sie so frei vor ihm auslebte, wie eine Phantasie, die er bis dahin nicht gekannt hatte.

So nahm die Geschichte der beiden ihren Lauf und bis zum heutigen Tage feiern sie ihre Lust auf Sex mit immer neuen Ideen.

Cora und Ben kehrten noch häufig zu der Finca in den Bergen zurück. Mit nach Hause nahmen sie die Fotos, die sie von sich gemacht hatten.

Denn was Ben noch nicht wusste war, dass in dem Wohnzimmer zwei Kameras installiert waren, die ihr ganzes Abenteuer filmten.

Cora freute sich schon, Ben zu einem besonderen Videoabend einzuladen. Zuvor würde sie eine erotische Paarmassage buchen, in der Tantric Lounge. Einem exklusiven Studio für Paare, in dem sie gerne abends mal aushalf und deshalb die erfahrenen Hände ihrer attraktiven Kolleginnen sehr gut kennen gelernt hatte. Wer weiß, vielleicht würde sie ihre Freundin Maya fragen, ob sie auch kommen würde zu diesem außergewöhnlichen Videoabend ….

5. Aquario de Palma – Lust auf Meer

Gegen Abend leeren sich die Gänge und langsam kehrt die Ruhe wieder ein, im größten Aquarium der Insel, dem Aquario de Palma. Die riesigen Raubfische ziehen friedlich ihre Bahnen ganz nah vor den Augen der letzten Besucher. Wie ein zeitloser Taucher am Boden des Meeres fühlt man sich in dem durchsichtigen Glastunnel, der die wundervolle Unterwasserwelt auf eine magische Art durchzieht und so jeden Betrachter mitnimmt auf eine unvergessliche Reise in die Tiefen des Meeres.

Verlässt man diesen Tunnel, erreicht man nach kurzer Zeit die großen Becken der Tiefseefische, die in einem stark abgedunkelten Bereich liegen um eine möglichst natürliche Atmosphäre für die Meeresbewohner zu schaffen. Vorsichtig mit ganz schwachen Lampen werden die bunt schillernden Fische angestrahlt um einen kleinen Einblick in diese ständig dunklen Regionen der Tiefsee zu gewähren. Diese dunklen Flure mit ihren kleinen farbigen Lichtern waren so kurz vor der Schließung des Aquario am Abend fast verlassen. Und selbst wenn man jemandem auf dem

Gang begegnete, war nur schwer auszumachen, wer genau es war.

Ben und Cora betraten den dunklen Bereich und blieben vor einer großen Glaswand stehen, hinter der ein Schwarm von winzigen orange leuchtenden Fischen vollkommen still zu stehen schien.

Cora betrat die kleine Treppe vor dem Becken und legte ihr warmes Gesicht an das kühle Glas. Sie genoss die Stille und Kühle nach diesem heißen, langen Tag am Strand, spürte noch die Hitze der Sonne und das Salz des Meeres auf ihrer braunen Haut. Was für ein endloser Sommertag !

Da Cora leicht erhöht über Ben stand, berührte ihre Hüfte zufällig Bens Gesicht. Er spürte für einen kurzen Moment ihre straffe Muskulatur unter dem äußerst kurzen Strandkleid. Er konnte nicht widerstehen und lies seine Hand vorsichtig an der Innenseite ihrer Schenkel nach oben gleiten. Auch wenn es recht dunkel war, so kamen dennoch ab und zu Besucher vorbei. Erstaunlicherweise vor allem Paare, die einen diskreten Abstand hielten, jedoch nicht ohne einen neugierigen Blick auf eventuelle Aktivitäten im Dunkeln zu werfen.

Sie spürte seine warme, kräftige Hand, wie sie sich nach oben tastete, und vernahm das vertraute, lustvolle Kitzeln im Bereich ihrer Lippen. Ein kurzer Moment der Überraschung, als er ihre Nacktheit unter dem Kleid fühlte.

Cora liebte es, sich zu jeder Zeit vom warmen Sommerwind streicheln zu lassen und trug, wenn überhaupt nur offene Strings, die alles erlaubten.

Bens Hand setzte ihre Reise fort und begann sie ganz sachte mit kreisenden Fingern zu massieren. So sanft legte sich seine Fingerspitze auf die empfindliche Erhebung, dass Cora zu zittern begann und ihr Becken nach unten drückte, sie wollte mehr, viel mehr. Sie presste ihre Brüste an die angenehm kühle Glasscheibe des riesigen Aquariums und genoss die langsamen, rhythmischen Bewegungen von Bens Intimmassage. Ob ihnen jemand zusah?

Der Gedanke verflog und sie gab sich ganz dem lustvollen Augenblick hin, fing leise an zu stöhnen, lies sich vollkommen gehen in diesem spontanen Treppensex. Er setzte sich auf die kleine Stufe, lehnte sich an die Glaswand und setzte mit der Zunge die erotische Massage seiner Finger fort. Wie schön, wie intensiv ist diese Frau, dachte er kurz, als er nicht weit neben sich, eine andere Frau hörte, die versuchte, möglichst leise zum Höhepunkt zu kommen.

Cora bemerkte, dass Ben etwas abgelenkt war und sagte: „Komm, nimm mich von hinten und lass deiner Phantasie freien Lauf…“. Rhythmisch kreisend wiegte sie ihr Becken hin und her. Ganz versunken in diesen unglaublich intensiven Moment, stöhnte sie leise.

Cora und die Unbekannte machten kein Geheimnis aus ihrer Lust, während ihre Liebhaber stark versuchten, sich zurückzuhalten um dieses hocherotische Spiel so lange wie möglich genießen zu können.

Als Cora völlig atemlos flüsterte „Ben, fick mich härter!", konnte er nicht mehr länger warten und kam nach wenigen intensiven Stößen zum Höhepunkt dieses Wahnsinnstrips. Die beiden Frauen schienen vergessen zu haben, dass sie gerade in einem öffentlichen Aquarium vögelten und ließen ihrer Lust freien Lauf.

Ebenso trieb der Unbekannte es mit einer Heftigkeit wie in einem Schall dichten Raum und war sicher noch gut im Eingangsbereich zu hören!

Dann kehrte Stille ein. Als sich Ben und Cora dem Ausgang näherten, löste sich aus dem Halbdunkel ein junges attraktives Paar. Etwas verlegen, aber doch voller Neugier, wanderten die Blicke zwischen den beiden Paaren hin und her. Ohne Worte, mit einem verschwörerischen Lächeln, trennten sich ihre Wege, als ihnen ein Wärter des Aquariums entgegen eilte, mit der Frage, ob sie auch diese sonderbaren Geräusche gehört hätten, die doch sehr ungewöhnlich für die Bewohner des Aquariums seien.

„Seguramente una rana enamorada!", sicher ein verliebter Frosch, entgegnete die schöne Mallorquinerin trocken und alle fingen an zu lachen.

Die Erinnerung an diese prickelnd heiße Begegnung blieb und hat seitdem häufig die Tür zu einem weiteren erotischen Abenteuer geöffnet....

Auf der Rückfahrt von Palma nach Alcudia saßen beiden entspannt, befriedigt ganz still nebeneinander. Gemütlich fuhren sie die Autobahn in Richtung Norden, die eigentlich mehr eine Panorama-Landstraße war und ließen sich einmal mehr von der Schönheit der Insel beeindrucken über der die Sonne langsam unterging.

Aus dem Radio erklangen sanfte Chill-Out-Sounds, die die wundervolle Abendstimmung stilvoll untermalten. Der Moderator stellte sich vor als Orlando und kündigte seine neue Sendung „Enjoy eachother – everyday!" an. Ein Special für Paare mit Anregungen für mehr Leichtigkeit, Freiheit und besseren Sex im Alltag. Ben und Cora stiegen ein in die Sendung, die irgendwie gut passte nach diesem aufregenden Sexabenteuer im Aquarium.

Orlando interviewte gerade eine renommierte Sexual-therapeutin zum Thema Dirty Talk. Sie erweckte sofort den Eindruck, Sexphantasien nicht nur aus Büchern zu kennen: „Die Schwelle über die die Lust uns hebt, öffnet die geheime, vulgäre, intensive und instinktive Welt des Dirty Talk. Worte, die noch mehr Lust bringen, den Puls beschleunigen, vergessen lassen, was normal und richtig ist. Dirty Talk ist eine besondere Kunstform des sehr vertrauten Sex, wie ihn

Paare leben, die weit über hundertmal Sex miteinander hatten und nun auf der Klaviatur des „Verbotenen" zu spielen lernen, um noch lustvoller zum Höhepunkt kommen zu können. Einer Droge gleich berauschen die Worte, fokussieren alles auf spüren, schmecken, riechen, vibrieren". Dann spielte eine sexy Saxophon-Melodie und lies die Worte der erfahrenen Therapeutin nachwirken.

Cora und Ben waren, wie mit nahezu allen Sexphantasien natürlich auch auf dieser Ebene experimentierfreudig. Doch jeder Mensch trägt in sich noch verborgene Wünsche, die keiner kennt. So tasteten sich die beiden auch immer weiter vor in die Welt dieser geheimen Worte.

In dieser Nacht mit den tausend Sternen, die durch die große Glasfront in ihr Schlafzimmer schienen, flüsterte Cora Ben kurz vor dem Höhepunkt zu „Sag mir was Du geil findest, ich komme gleich.....". Dieser Moment erlaubt fast alles. So nah vor dem Orgasmus ist die Lust und auch die Freiheit am größten. Man spürt, dass man sich gerade gemeinsam in einem Grenzbereich befindet, auf einem schmalen Grad der Erotik, den es nur zwischen diesen beiden Menschen gibt, unvergesslich, ein Leben lang.

Eine Woche lang hörten sie diese besondere Sendung im Inselradio Mallorca und ihr Sexleben wurde nach all den Jahren bereichert um einige Schlüsselworte, die ihren Sex noch wilder machten. Wie sie aus dem

Radio lernten, war Dirty Talk wie ein scharfes Gewürz, ein Chili, das wohl dosiert aus einem normalen Essen eine Delikatesse machen konnte.

Zuviel Chili kann das Essen ungenießbar machen, deshalb sollte man häufig mit diesem Gewürz kochen. Aus genau diesem Grund empfahl die Therapeutin jedem Paar, sein eigenes, individuelles Mallorca-Chili zu kreieren mit der richtigen Prise Dirty Talk, dann würde jede Nacht eine prickelnde Begegnung mit einem Partner, den man gut kannte und doch immer wieder neu erleben würde.....

In der siebten und letzten Folge der Radioserie, endete die Sexualtherapeutin mit einem einfachen Tipp für alle Paare, die sich im Alltag zu verlieren drohten.

„Sucht Euch keine Affäre oder irgendwelche langweiligen Fernsehserien für die gemeinsamen Abende, sondern überlegt Euch, wie Ihr selbst sein würdet, wenn Ihr jemanden neu kennen lernt, mit jemandem flirtet und hofft, dass etwas daraus wird. Gebt Euch Mühe, für den anderen attraktiv zu sein und ladet ihn oder sie ein, so Sex zu haben, als wäre es die erste geheime Begegnung. Liebt Euch, genießt Euch, dann wird der Alltag zur Nebensache und Euer Leben eine Party!", sprach Lana Caliente, die Therapeutin und entließ die Paare der Insel in ihr neues Sexleben ohne Grenzen.

6. Torrent de Pareis - Der Schamane

Seit ihrem Besuch beim Schamanen gestern am späten Abend in Inca, wirkte Cora unruhig und nachdenklich, als würde sie in Gedanken etwas ausbrüten. Trotz ihrer spürbaren Unruhe, versuchte sie auf dem großen, roten Strandtuch, das mit vielen leuchtenden Smileys bedruckt war, möglichst entspannt zu liegen.

Coras braune Haut glänzte in der warmen Morgensonne. Um möglichst nahtlose Bräune zu erreichen, hatte Ben sie heute mit sanft kreisenden Bewegungen von Kopf bis Fuß mit Zitrusöl massiert. Was zumindest kurzzeitig ihre Nachdenklichkeit unterbrach, da Bens vom Öl geschmeidige Hände sehr angenehme Um- und Abwege fanden, die ihren Atem beschleunigten.

Auch wenn beide auf unzählige erotische Geschichten zurückblicken konnten, die sie in den Jahren erlebt hatten, war es doch etwas gewöhnungsbedürftig, an einem öffentlichen Strand beim Einölen masturbiert zu werden!

Nun war es kein ganz normaler Strandabschnitt. Ben hatte für heute einen von zehn exklusiven

Liegeplätzen gebucht am Erotic Art Beach des Secret-Garden-Resorts in einer kleinen abgelegenen Privatbucht im Osten der Insel. Nur zehn Paare in diskretem Abstand voneinander auf einem feinen Sandstrand.

Darauf ein kleiner Kiosk mit zwei nicht ganz, aber fast nackten Bedienungen, vor ihnen das Meer, hinter ihnen die Steilküste, sonst nichts. Um hier einen Platz zu ergattern, hatten sie vorher sogar an einem Casting in Strandbekleidung teilgenommen. Dadurch stellte das Secret-Garden-Resort sicher, dass nur Paare zur gleichen Zeit am Strand waren, die auch attraktiv waren.

Cora und Ben fragten sich, welches wohl die Kriterien sein mochten, als sie etwas verschüchtert ihre Handtücher hinlegten und sich von ihren Textilien verabschiedeten. Erwartet hatten sie ein wenig, von den anderen Badegästen beobachtet zu werden, aber genau das Gegenteil war der Fall. Alle Paare unterhielten sich, badeten gerade oder chillten einfach nur miteinander.

Es waren sehr unterschiedliche Paare, die sicher nicht alle Traumfiguren hatten, aber was sie in der Tat alle irgendwie gemeinsam hatten war eine gewisse erotische Ausstrahlung als Paar. Sie schienen sich alle wohl in ihren Körpern zu fühlen, sich ihrer individuellen Attraktivität bewusst zu sein und strahlten so auch eine intensive Nähe und

Vertrautheit als Paar aus, wie sie nur Menschen haben, die regelmäßig guten Sex haben.

Cora konnte sich allmählich entspannen, dabei half ihr das abwechslungsreiche Fingerspiel ihres Mannes, aber sicher auch die eiskalte Caipirinha, die sie mit dem Strohhalm schlürfte. Je mehr sie sich dem Höhepunkt näherte, desto offener schweifte ihr Blick über den Strand und suchte die Augen dieses dunkelhaarigen, attraktiven Mannes, der es genoss, von seiner Partnerin mit dem Mund befriedigt zu werden.

Sie hatte sich seitlich neben ihn gekniet, so dass Cora auch den festen, runden Hintern dieser exotischen Frau mit den geflochtenen nach hinten gebundenen Rastazöpfen sehen konnte, die sich mit einer Hand sanft ihren glitzernden Klitorisring massierte, während ihre andere mit festem Druck das Spiel ihrer Zunge begleitete. Der Ring war wirklich schön und ähnelte sehr Coras, den sie von Maya hatte. Mayas Schmuck war wirklich überall auf der Insel! Sie hatte verstanden, wonach die Menschen auf Mallorca suchten und was sie brauchten.

Er würde gleich in ihrem Mund kommen. Ohne es zu wollen, wanderte Coras Blick gierig zwischen seinen lusterfüllten Augen und ihrer feucht glitzernden Muschi mit dem Intimpiercing hin und her. Bisher hatte sie anderen Paaren nur im Fernsehen beim Sex zugesehen, doch nur einige Meter entfernt ein echtes

Paar zu beobachten, steigerte ihre Lust unendlich. Obwohl sie sich vor Lust auf die Unterlippe beißen musste um nicht zu laut zu werden, wurde ihr bewusst, dass sie diesen Mann kannte!

Gestern Abend war es sehr dunkel gewesen in dem Raum, wo die schamanische Zeremonie stattfand. Nur ein paar Kerzen im Raum verteilt und ein kleines Feuer im Kamin brannte vor sich hin. Der Schamane trug eine schwarz rote Körper- und Gesichtsbemalung, hatte lange schwarze Haare und war in eine Art Decke gehüllt, als er die Trommel zu schlagen begann. Ja, kein Zweifel, neben ihr lag der Schamane, nackt ohne Perücke und ohne Bemalung, aber seine Energie war deutlich spürbar, wie gestern Abend. Cora hatte auf einer weichen Strohmatte mit geschlossenen Augen gelegen, nur leicht zugedeckt mit einem Seidenschal, der nach Räucherstäbchen und Marihuana roch.

Sie hatte den Schamanen aufgesucht, weil eine wichtige berufliche Entscheidung anstand. Eine notwendige, aber dennoch schwierige Veränderung, die ihr Angst machte. Die nächsten dreißig Jahre ganz viel finanzielle Sicherheit und dafür aber auch jede Menge Langeweile oder eine Zukunft mit ganz vielen Veränderungen und sicher ohne Langeweile….deshalb war sie hier.

Auf der rationalen Ebene war für sie alles stimmig und richtig, emotional fühlte sie sich blockiert, unfähig Ja zu sagen zu der Veränderung. Ihre Freundin Maya hatte ihr von einer schamanischen Reise erzählt, die ihr in einer schwierigen Lebenssituation sehr weiter geholfen hatte. Und wie es im Leben so häufig geschieht, stand am nächsten Tag vor ihr an der Ampel ein schwarz rotes Auto mit dem Schriftzug „Go beyond of what you think and visit www.shamanic-space.org„.

Kaum im Büro angekommen, schrieb sie eine Mail mit ihrem Anliegen an den Schamanen, etwas verwundert darüber wie leicht und vollkommen normal sich diese doch ein wenig sonderbare Terminfrage anfühlte.

„Herzlich Willkommen, Cora! Ich freue mich über Dein Interesse am schamanischen Weg und lade Dich ein um 19 Uhr am kommenden Montag bei mir im Shamanic Space. Liebe Grüße, Orlando", lauteten die Zeilen, die sie kurz darauf als Antwort erhielt.

Die Begegnung war sehr freundlich und auch lustig, da sie nicht erwartet hatte, eine Art Indianerhäuptling in Kriegsbemalung mit Perücke anzutreffen. Orlando lachte auch und gestand ihr, sich schon etwas verkleidet zu fühlen, aber das sei nun mal so, wenn man zwischen den Welten reise.

Es war wirklich wahr, man konnte eindeutig seine starke Energie spüren. Das war der Beginn des Rituals. Er hatte sie nun eingeladen mit ihm auf die Reise zu gehen.

„Schließ die Augen, höre und spüre die Trommel, lass alle Bilder, die du siehst, kommen und gehen, folge den Tieren, die dir begegnen", leitete sie Orlando an, während leise und rhythmisch die Trommel ertönte.

Gänsehaut am ganzen Körper beim Gedanken an diesen Moment, der sie kurz ablenkte von der heißen Intimmassage, aber ihre Lust zum Höhepunkt brachte. Leise, kaum hörbar kam sie, blickte Ben an, ihren schönen, attraktiven Mann und dann kurz Orlando und seine Partnerin, das exotische Paar von nebenan.

Später berichtete Cora Ben von ihrer Begegnung mit Orlando, von ihrer schamanischen Reise mit den vielen, verwirrenden Details und Erlebnissen, die sie tief bewegt hatten und sie auch heute noch beschäftigten. Die Trommeln hatten in ihr viele Bilder aufsteigen lassen. Alte und neue Eindrücke alles schnell durcheinander, als plötzlich eine lebendige Szene vor ihrem inneren Auge entstand. Soweit sie sehen konnte nur Sand, eine Wüste offenbar, mittendrin ein einziger Wolf mit grauem zotteligem Fell, der sie mit stahlblauen Augen anblickte und dann langsam zu laufen begann. Cora folgte ihm und sah sich plötzlich selbst im Bild. Bis auf einen schmalen Rock aus vom Wetter gegerbtem Leder, war sie vollkommen nackt. Ihr ganzer Körper war mit braunen und gelben Tribals, einer speziellen Form von Blumenmustern, bemalt.

In der einen Hand trug sie einen langen Sperr und sie rannte leicht nach vorn gebeugt dem Wolf hinterher, der sie wohl irgendwohin führen wollte.

So folgte sie dem wilden Tier in dem vollen Vertrauen und der Gewissheit, dass es ihr Weg sei und sie genau dort gebraucht wurde, wo der wilde Wolf sie hinführte.

Ohne Schmerzen lief sie durch den heißen Wüstensand, spürte die unendliche Kraft ihres Körpers und die Klarheit ihres Geistes. Kein Gedanke, kein Gefühl, sie war frei.

Ben hatte gespannt zugehört. Er war fasziniert von Coras Reise und wollte mehr wissen, doch die Reise endete an diesem Punkt.

„Das Paar gerade neben uns, waren Orlando und seine Frau", erwähnte Cora noch als Abschluss.

„Oh, der schöne Piercingring....", lächelte Ben. Sie küssten sich intensiv und beschwingt, wieder war eine erotische Phantasie in Erfüllung gegangen und hatte ein prickelndes Gefühl hinterlassen.

„Orlando hat mir einen Geheimtipp gegeben für einen besonderen Ort, den ich mit einem besonderen Menschen besuchen soll um dort besondere Dinge zu tun", unterbrach Cora die Stille. „Hört sich sehr geheimnisvoll an! Hat er vielleicht noch etwas mehr verraten?", fragte Ben.

„Nein, er meinte, wir sollten einen Tag mit schönem Wetter abwarten, einen Rucksack für eine Tageswanderung mit eventueller Übernachtung packen und eine warme Decke mitnehmen, dann von oben in die Torrent-Schlucht absteigen. Der Rest würde sich von selbst ergeben".

Ben war etwas skeptisch angesichts der vagen Wegbeschreibung und der Tatsache, dass es ein gefährliches Wanderterrain sein konnte, wenn man nicht gut voraus plante. Sie einigten sich schließlich auf eine etwas umfangreichere Wanderausrüstung mit Schlafsäcken, Ponchos und Notfallset, da es doch zu viele unangenehme Überraschungen geben konnte in dieser Schlucht.

Es war noch Nacht als sie an der kurvenreichen Landstraße, die vom Kloster Lluc nach Sa Calobra und zum Bergsee Gorg Blau führt, ihren Wagen parkten. Das kleine Restaurant am Parkplatz war noch geschlossen. Eine unglaubliche, tiefe Stille lag über der bizarren Berglandschaft, die allmählich von den ersten Vorboten der Morgendämmerung aus dem Schlaf erwachte.

Ohne genau zu wissen, was sie nun vorfinden würden – außer der Schlucht – stiegen sie kurz nach Sonnenaufgang ab, in die sich zum Meer hinunter windenden wilden Felsformationen.

Die Torrent de Pareis ist ein geheimnisvoller Ort, an dem man sich fühlt wie auf einem entlegenen

Planeten, der rau und unzugänglich ist, aber zugleich auch eine atemberaubende Schönheit in sich trägt. Der Weg durch das Flussbett ist gefährlich und sehr anspruchsvoll, so dass man diesem Grand Canyon von Mallorca, wie er auch mit einem Augenzwinkern genannt wird, besser mit Ehrfurcht begegnet.

Cora und Ben wanderten, kletterten und schwammen den ganzen Tag durch die vielfältigen Windungen des Flusslaufes. Zwischendurch bot sich die Gelegenheit für ein kühles Bad in einem der vielen Naturbecken. Nackt sprangen die beiden von einem Felsen hinein um sich danach in der wärmenden Mittagssonne trocknen zu lassen.

Die kalten Wassertropfen auf der sonnengebräunten Haut, die Nippel aufgestellt, bewegungslos, lag Cora auf einer fast schwarzen Felsplatte wie eine gemalte Göttin. Und sie genoss es von Ben betrachtet zu werden, der sie wie ein Maler studierte, jeden Zug ihrer Erscheinung einsog, die durch das im Hintergrund schimmernde Meer noch intensiver zur Geltung kam.

„Es wäre ein schöner Ort, oder….?", flüsterte Cora mit geschlossenen Augen. Ben löste sich aus seiner Betrachtung um sich neben seine Göttin zu legen. „Doch wir haben noch ein Stück vor uns", sprach sie und zog sich unter den ungläubigen Blicken ihres größten Bewunderers langsam an, nicht ohne ihm dabei alles zu präsentieren, was er so gerne mit den Händen gespürt hätte.

So verging der Tag wie im Flug und die Sonne stand schon tief am Horizont. Es dämmerte allmählich, obwohl in der Ferne die Felsen noch hell erleuchtet waren. Die hohen Wände der Schlucht lagen nun im Schatten. In ein oder zwei Stunden würde es recht finster sein.

Plötzlich entdeckten sie ein Lichtspiel an der Felswand. Ein einzelner Sonnenstrahl schien durch eine mächtige Felsformation am oberen Rand der Schlucht und zeichnete in der aufkommenden Dunkelheit einen kleinen, aber sehr deutlichen Kreis an die Wand. Ben entdeckte ihn zuerst.

Als er seine Hand auf den Kreis legte fühlte sich der Fels ungewohnt weich an, wie Kunststoff. Bei ganz genauer Betrachtung, sah man einen Sprung in der Felskontur. Hier war etwas eingefügt worden! Unter seiner Hand bewegte sich etwas und er zog rasch die Hand weg. Cora und Ben blickten auf einen Fingerscanner, klein, viereckig, wie an einem Notebook.

Neugierig legte Cora ihren Zeigefinger auf das rote Feld. Mit einem leisen Surren öffnete sich der Fels. Wie eine Tür war hier ein Stück Felsimitat eingefügt worden. Aus dem Scanner kam ein kleiner weißer Zettel: „Um im Dunkeln zu gehen, versuche mit

Händen und Füßen zu sehen. Folge den Formen an der Wand, erspüre den Weg ins erotische Land".

„Ein Geheimniskrämer dein Orlando", flüsterte Ben, tief beeindruckt von der technischen Installation. Erfüllt von neugieriger Anspannung traten beide ein und sofort schloss sich hinter ihnen die Felstür. Absolute Dunkelheit!

Cora stockte der Atem und auch Ben überkam ein tiefes Unbehagen. Was passierte hier nur? Eine leise Melodie war zu hören, ganz leise waberte ein entspannender Sound durch die offenbar weitläufige und große Höhle.

„Nur keine Angst, meine Liebe",versuchte Ben seine Freundin mit hörbar ängstlicher Stimme zu beruhigen. Doch Cora war schon losgegangen in Richtung Musik,

„Komm, wir tasten uns voran, ist bestimmt nur ein Gag vom großen Meister".

Die Wand der Höhle war trocken und warm, ganz glattes Gestein. Wie eine Fußbodenheizung an der Wand, dachte Ben. Nach einigen Minuten bemerkte Cora

„Irgendwie fühlen sich die Wände wie Brüste an, oder?". Ben antwortete nicht. Zu gefangen war er von den sinnlichen Körperformen, die seine Hände fühlten. Und so geisterten die beiden durch den finsteren Nacktskulpturenpfad, amüsiert und angeregt von der erotisch aufgeladenen Stimmung dieses besonderen Ortes. Im Halbdunkel der Höhle tauchte ein großes, ovales Wasserbecken auf. Beschienen von zwei kleinen verborgenen Fackeln, die bewegte Schattenspiele auf die felsigen Höhlenwände zauberten.

„Komm, wir springen kurz rein", lud Cora ihren Begleiter ein. Als er sich zu ihr umdrehte, sah er sie nur noch nackt ins klare Wasser eintauchen, völlig beschwingt von dem entspannten Ambiente der Höhle.

Wie auch immer es möglich war, aber es war warm wie in der Badewanne, sogar die glatten Felsplatten unter Wasser auf denen Cora nun lag und Ben mit ihrer Schönheit zu sich lockte.

Ganz in den Bann gezogen von dieser einzigartig erotischen Frau, vergaß er, wo sie waren und liebte seine Frau im Rhythmus des Chill-Out-Sounds. Als leises Echo hallte Coras Lust von den Wänden der Höhle und die kleinen Wellen der nun bewegten Wasseroberfläche umspülten ihre kleinen, festen Brüste.

Verloren im Rausch ihrer Berührungen, dem Höhepunkt entgegen fiebernd, streiften sich nur kurz die sinnlichen Blicke von Cora und Kamira. Die Frau von Orlando war geziert von ihren Tribal-Tattoos und dem bekannten glitzernden Intimpiercing, sonst trug sie nichts.

Mit Blick auf die beiden Liebenden setzte sie sich, so dass das seichte, warme Wasser ihr bis zu dem kleinen Ring reichte, der wohl ihre Klitoris zierte. Wie selbstverständlich, begann sie sich zu masturbieren und zeigte dabei ihren sportlichen Körper, der sich vor Erregung spannte.

Cora lächelte, da nur sie Kamira sehen konnte und Ben nichts von dem heimlichen Besuch bemerkt hatte. Sie zog Ben zu sich runter und flüsterte „Lass mich nach oben, nicht erschrecken, genieß es einfach". Bens fragender Blick musste nicht lange suchen, unglaublich! Das war besser als ein Film je sein könnte. Auf ihm seine Frau, die ihn lustvoll und mit viel Erfahrung ritt und vor seinen Augen eine andere wahnsinnig attraktive Frau, die es offenbar in Gedanken mit ihnen trieb.

In dem Moment umfasste Orlando von hinten seine Frau und knetete sanft ihre Nippel, während sie sich küssten. Kamira setzte sich auf seinen Schoß, verschränkte ihre Hände hinter Orlandos Nacken und ließ sich weit nach hinten sinken, so dass er tief in sie eindringen konnte und dabei ihren festen Hintern in den Händen hielt.

Plötzlich flackerten die verborgenen Kerzen hell auf und dann wurde es auf einmal ganz dunkel. Eine Art Notbeleuchtung ging an. Wie im Flugzeug auf dem Boden, so waren auch hier kleine Lämpchen zu erkennen, die in eine Richtung führten.

Die vier betraten einen kleinen Raum in dem vier Liegen vorbereitet waren und ein kleiner Tisch mit dampfenden Getränken.

„Lasst uns einen Tee trinken und dann entspannen", schlug Orlando vor, den man, ebenso wie alles andere in der Höhle nur schemenhaft erkennen konnte.

Der Tee war etwas bitter, hatte aber einen intensiven, würzigen Duft und machte bereits beim Trinken ein angenehmes Kribbeln im ganzen Körper, so als wäre man aus sehr kaltem plötzlich in sehr warmes Wasser gesprungen.

Die Liegen waren sehr warm, wie alles hier in der Höhle. Die Nacktheit fühlte sich völlig natürlich an und je länger der Tee wirkte, desto intensiver wurde das Körpergefühl. Obwohl Cora sich vollkommen bewusst war auf dieser Liege zu liegen, verschwamm die Wahrnehmung zunehmend. Es war wie in einem Traum, einem sehr schönen und realen Traum, als sie etwas über ihren Lippen spürte.

Ein sehr sinnlicher Duft, ja, irgendwie vertraut, aber nicht Ben.

Sie konnte nichts sehen, in diesem Traum war es dunkel. Mit der Zungenspitze berührte sie etwas und tastete sich vor. Das konnte nicht sein! Aber Cora war sich sicher, dass sie gerade eine Klitoris leckte. In dem Moment der Verwunderung spürte sie wie eine weiche und starke Hand an ihrem rechten Schenkel vorsichtig nach oben glitt um kurze Zeit später mit sanften Fingern in sie einzudringen. Was war das!?

Sie hatte überhaupt keine Angst, wie es oft in Träumen so war und gab sich ganz dem unbekannten Spiel hin, mit dem neuen aufregenden Gefühl, mit mehreren Menschen Sex zu haben.

Ben war fest davon überzeugt zu träumen, so warm wie die Umgebung war, so angenehm weich die bequeme Liege, so stark der unbekannte Zaubertee. Kein Zweifel, all das konnte nur ein Traum sein! Er hatte noch nie Sex mit zwei Frauen gehabt, aber er genoss es in vollen Zügen die beiden schönen Frauen, die er nicht sehen konnte mit allen Sinnen zu spüren. Was für ein Trip, diese Höhle hatte es wirklich in sich! Cora und Ben kamen gleichzeitig und schliefen dann ein.

Als sie erwachten, lagen sie immer noch auf den Liegen, nackt wie zuvor. Orlando und Kamira waren nicht mehr da, hatten aber eine Nachricht hinterlassen. Auf Knopfdruck erschienen ihre beiden nackten Hologramme. Eng umschlungen dankten sie Cora und Ben für diese einzigartige Erfahrung in der anderen Dimension, wie sie es nannten, und wünschten Ihnen noch eine gute Reise durchs Land und durch die Liebe.

„Die Höhle ist ein Raum im Raum, so ist es mit allem was ihr hier erlebt habt", sagte Orlando geheimnisvoll.

Lächelnd verabschiedeten sie sich, das Hologramm erlosch. Cora und Ben blickten sich an, verwirrt durch das Erlebte, dass zwar ganz sicher ein Traum gewesen sein musste, aber ihre Körper sich doch so anfühlten als hätten sie es wirklich gelebt.

Etwas unsicher und beschwingt zugleich verließen sie die fantastische Höhle. Wie es oft so ist, nachdem sich etwas Besonderes ereignet hat, verweilt man gern in diesem bestimmten Gefühl ohne zu sprechen, wohl wissend, dass der andere gerade dasselbe denkt und fühlt.

Die Morgensonne brachte das Meer zum Leuchten. In einem nie dagewesenen Azurblau umspülte es die Insel, während Cora und Ben den offenen, glatten Strandabschnitt erreichten, auf dem die langen Schatten der schroffen Küstenfelsen lagen. Das Ende der Schluchtwanderung war erreicht.

Als sie den kurzen Weg nach Sa Calobra zurückgelegt hatten, spürten sie die Gegensätze, die Extreme, welche diese Insel so besonders machten. Vor wenigen Minuten noch in der einsamen, rauen Schönheit der Serra de Tramuntana, jetzt umgeben von Restaurants, Touristen und Reisebussen! So ist und bleibt Mallorca voller Überraschungen, wenn man sich auf den Weg macht um es wirklich zu sehen, zu erleben und zu spüren.

Der Vorteil von dem ganzen Trubel war, dass die beiden schnell einen deutschen Busfahrer fanden, der sich bereit erklärte sie bis Alcudia mitzunehmen.

Als sie dann losfuhren, wussten sie auch warum er sie so gerne mitgenommen hatte. Es war eine Butterfahrt mit 50 Senioren, denen alles zum Schnäppchenpreis angeboten wurde, vor allem sündhaft teure Rheumadecken!

Cora und Ben hatten ihre liebe Mühe den lustigen, aber leider auch sehr lästigen Verkäufer wieder loszuwerden, da er mächtig überzeugt von seinen Decken war, die gegen so ziemlich alles zu helfen schienen und eine Art Lebensversicherung waren.

Lachend stiegen die beiden am Hafen von Alcudia aus, in der Hand eine wasserfeste Outdoor-Rheumadecke, man konnte ja nie wissen…..

7. Fornaluxt – Die Orangenplantage

Kurz bevor die Sonne aufgeht, wird die wunderschöne Insel Mallorca in ein ganz besonderes, bläuliches Licht getaucht. Aus den nächtlichen Schatten erheben sich langsam die Gebäude und Bäume, die Strukturen der Insel werden klarer und die Silhouette der Serra de Tramuntana zeichnet ihre sanfte Linie am Morgenhimmel, während noch die letzten Sterne funkeln.

Cora stand nackt mit einer Tasse Kaffee in der Hand auf dem Balkon und blickte hinaus aufs Meer. Der Himmel war erfüllt vom Morgenrot, der Umriss ihres nackten Körpers vor diesem atemberaubenden Morgenhimmel war von unbeschreiblicher Schönheit und Natürlichkeit. Ben liebte seine Frau und es waren Momente wie dieser, die ihm bewusst machten, wie unendlich, schön und vollkommen die Welt ist, wenn man verliebt ist.

Die aufgehende Sonne wärmte die beiden Nackten, denen man an ihren braun-weißen Farbabstufungen ihre Liebe zum Radsport ansah – in der Mitte der Oberarme und der Oberschenkel eine klare Linie zwischen brauner und noch winterweißer Haut. Bei Cora zusätzlich die angedeuteten Linien ihres Strings mit dem sie sich gerne sonnte.

Nach einem kurzen Frühstück brachen Ben und Cora auf zu ihrer langen Rennradtour von Alcudia über Sa Pobla und Binissalem Richtung Col de Soller und Puig Major.

Am Morgen hat die Insel meist eine gewisse Kühle und Ruhe, die die Fahrt Richtung Süden erleichtern, so dass man die ersten 50 Kilometer entspannt im Sattel verbringt ohne sich zu sehr zu verausgaben. Am Col de Soller wird das Tempo dann langsamer und es bleibt genug Zeit sich zu unterhalten, während man die schönen Serpentinen mit Blick über die gesamte Insel empor kurbelt.

Cora und Ben unterhielten sich gerade über schöne Hotels und Reiseziele, die sie in den nächsten Urlauben ansteuern wollten, als Cora bemerkte, wie schade es sei, dass hier im Appartement keine Spiegelwand wie zuhause sei. Ben lächelte zustimmend, da die vielen Spiegel ihr Sexleben immer wieder sehr bereicherten.

„Letztens habe ich es so genossen in unserem Schlafzimmer nackt in der Sonne zu liegen", erzählte Cora beiläufig, als sie neben Ben im gemütlichen Wiegetritt weiter bergauf fuhr.

„Es war ganz still im Haus. Du warst gerade gegangen und ich hatte noch Zeit, bevor ich zum Yoga aufbrechen wollte. Ich gefiel mir, wie ich da so nackt auf der weißen Bettwäsche in der Sonne lag und fing an, mich in verschiedenen Positionen im Spiegel zu betrachten, wie bei einem Fotoshooting".

Ben hörte interessiert zu, aber wohl auch der Fahrer hinter ihnen, der sonderbarerweise in genau demselben Tempo wie die beiden fuhr und wie hypnotisiert wirkte durch Coras Geschichte und ihre rhythmischen Becken-bewegungen auf dem Rennradsattel .

„Deshalb zog ich Deinen Lieblingsdress an, die schwarze Hebe aus Lackleder um meine Brüste besser in Szene zu setzen. Den schwarzen Slip-Ouvert mit den weißen Perlenketten, die sich mit angenehmer Kühle an meine Lippen legten und schließlich die kniehohen, schwarzen Plateau-Lackstiefel".

Er war vollkommen aus dem Rhythmus gekommen und konnte gerade noch einem großen Schlagloch ausweichen. Der Zuhörer hinter ihnen aber nicht, so dass er, hypnotisiert wie er war, ins Loch fuhr, aus dem Gleichgewicht geriet und samt Rad in einen angrenzenden Weidezaun krachte. Überrascht und völlig verwundert saß er auf der Wiese, umzingelt von einer Herde Schafe, die wohl seine Flugkünste bestaunten und sich fragten, ob er vielleicht der neue Hirte sei.

Schnell war klar, dass er sich nicht ernstlich verletzt hatte, so dass Cora und Ben ihre Tour fortsetzten, jetzt aber sehr bedacht auf Abstand zu den anderen Sportlern auf zwei Rädern.

„Wie kannst du nur so eine Story beim Radfahren erzählen? Mit dem Kopfkino bin ich auch gleich bei den Schafen!".

Cora musste lachen „Jetzt geht es ja erst mal bergab und wer weiß, vielleicht wird ja aus dem Kino im Kopf noch was…, wir sehen uns".

Und schon war Cora über die Passhöhe hinweg und legte sich in die steilen Haarnadelkurven, die runter nach Soller führten. Ben hatte seine Schwierigkeiten hinter her zu kommen und schaffte es so gerade eben wenigstens Cora nicht ganz aus den Augen zu verlieren.

Sein sportlicher Ehrgeiz war durch die erotische Geschichte auf der Strecke geblieben.

Gemütlich rollte er die anspruchsvolle Abfahrt hinunter, die ihre Tücken hatte, da die Kurven teilweise sehr schlecht einsehbar waren, zahlreiche Radfahrerkollegen von hinten vorbei geschossen kamen und plötzlich hinter der Kurve Motor-radfahrer auftauchten, die die Kurve schnitten als gäbe es kein Morgen.

So drifteten Bens Gedanken ab und er erinnerte sich an einen Vormittag kurz vor dem Urlaub. Er war allein und räumte in aller Ruhe das Haus auf, hörte laut Musik, tanzte durch die Räume und brachte die Wäsche in den Keller.

Auf seinen Knien vor der Waschmaschine hockend, kramte er die gesamte Wäsche wieder heraus, die er soeben eingeräumt hatte. Kurz bevor er die Klappe schließen wollte, blitzte vor seinem Auge der Leopardenstring auf, den Cora in die Wäsche geworfen hatte.

Zwar hatte er es bisher nie getan, aber schon häufig daran gedacht und somit blieb die Frage, ob ihr einzigartiger, erotischer Geruch und Geschmack, sich noch wahrnehmen ließe. Ben hatte natürlich schon gehört, dass es für getragene Wäsche, insbesondere von attraktiven Frauen, eine durchaus große Nachfrage im Internet gab. Was trieb diese Menschen nur an? Zaghaft näherte er sich dem Kleidungsstück, das doch mehr war als nur ein Wäschestück. Zusammen mit ihrem Duft, der eindeutig erkennen ließ, womit sie diesen Stoff berührt hatte, machte sich eine spürbare Erregung breit. So peinlich ihm diese Szene war, so sehr war sie auch auf eine unbekannte Art und Weise erotisch.

Ben musste es kurz Cora erzählen, aber sie war leider nicht da, so dass er ihr eine Foto-Nachricht schickte mit ihrem String auf seiner Hand. Ben musste lächeln, als er an Coras Antwort dachte. An ihre Textnachricht „…Du weißt doch, wie feucht ich werden kann…schau Dir mal meine Kette an, sie fühlt sich so schön kühl an…", war ein Bild angehängt, das sie offenbar gerade im Büro aufgenommen hatte.

Sie war nackt, lag auf einem Tisch und zeigte Ben was er sehen wollte. Ihre Perlenkette glitzerte auf ihrem Venushügel im Licht der heißen Sommersonne. Cora schwitzte nicht auf dem Foto, aber Ben wusste genau weshalb die Perlen nass waren.

Ben erwachte aus seinem Tagtraum und bemerkte mit Schrecken, dass Cora nun vollkommen verschwunden war!

Glücklicherweise hatten sie heute Morgen die Route besprochen. Also war durchaus Hoffnung, dass sie gleich irgendwo auf ihn warten würde. Und so war es auch. Auf dem Weg zum Puig Major führte ihre Tour durch das malerische Dorf Fornaluxt, welches bekannt ist für die vielen Orangen- und Zitronenbäume, die Blumenpracht, sowie für die einzigartige Lage mitten in der Serra de Tramuntana, zu Füßen des höchsten Gipfels der Insel.

Da stand Cora nun, als hätte sie seit Ewigkeiten den perfekten Platz gesucht um sich für eine Postkarte fotografieren zu lassen. Alles stimmte in diesem Bild: der Puig Major im Hintergrund, die sanft sich hin windende kleine Straße umrahmt von Orangenbäumen auf der einen und Zitronenbäumen auf der anderen. Kleine Häuser, wie gemalt mit bunten

Blumen auf den Balkonen und eine wunderschöne Frau mit einem glänzenden Rennrad, auf das sie sich lässig gesetzt hatte am Straßenrand. Alles durchflutet vom sanften Licht der Morgensonne.

Ben hielt gerade neben Cora an, als sie sagte „Ich muss mal kurz, bin gleich zurück".

Und schon war Cora über die Brust hohe Steinmauer hinter ihr geklettert. Kurze Zeit später sah er ihre Hand, die das Fahrradschloss mit dem Schlüssel hoch hielt und damit winkte. Er ahnte, dass der Gipfel warten musste, zumindest der Puig Major...

Auch er kletterte über die Mauer und fand sich in einer herrlichen grünen Plantage voller Orangenbäume, die viele Früchte trugen. Es war so warm, das Gras weich und der Himmel so unendlich tiefblau. Outdoor-Sex kann ja zuweilen eine recht pieksige Angelegenheit sein, auch wenn man, wie die beiden viel Übung darin hatte.

Er musste daran denken, wie kompliziert sich alles in dem feinen Sand auf Sardinien gestaltet hatte. Es war die perfekte Nacht, alles war ruhig, keine Menschenseele weit und breit, nur Ben und Cora, die Sterne auf einem fast schwarzen Himmel, das Meer rauschte und der Wind war warm. Die Vorstellung nackt am Strand zu sein und Sex zu haben war wirklich sehr heiß. So begann es auch leidenschaftlich und wurde immer intensiver, doch dann wurde der angenehm warme feine Sand zum ungeahnten

Hindernis bei der Verschmelzung, da er sich überall festsetzte. Lachend liefen dann beide ins Wasser und als der Sand wieder zum Sand zurückgekehrt war, nahmen auch sie ihr Liebesspiel wieder auf. Mit Salz auf den Lippen küssten sie sich und liebten sich im flachen Wasser, umspült von der leichten Brandung im Rhythmus der Wellen.

Soweit war die improvisierte Decke aus Radtrikots, Windjacken und Bikeshorts ganz gemütlich. Nur als er immer schneller und tiefer in sie eindrang, musste sie nach hinten greifen um sich mit beiden Händen gegen einen Orangenbaum zu stützen. Leicht kratzten ein paar Grashalme an ihren Schultern, doch sie war ganz in der rhythmischen Bewegung, die er vorgab und die sie mit stark angewinkelten Oberschenkeln einforderte. Während sie sich beide auf den Höhepunkt zu bewegten, war ihr als wären es nicht die Grashalme, sondern tausende von Rosenblättern auf denen sie ihr Liebesspiel in der Sonne genossen.

Der Duft von Kräutern, Orangen und trockener Erde vermischte sich mit dem Duft ihrer erregten Körper; wie ein Rausch, eine riesige Ozeanwelle, kamen beide zugleich.

Ben spürte, dass Coras Erregung nach ihrem Orgasmus noch anhielt. Manchmal konnte sie zwei oder drei Mal hinter einander kommen und Ben liebte es, ihr diesen Genuss zu bereiten.

„Sieh mal da drüben vor dem Haus", flüsterte Cora leise.

Eine große schlanke Frau mit fast bis zum Po reichenden schwarzen glatten Haaren küsste einen sehr elegant gekleideten dunkelhaarigen Mann mit hellblauem Hemd. Zeitgleich umfasste ein anderer Mann ihre Taille, schob ihren Minirock hoch und nahm sie von hinten.

Dann legte sie sich auf den großen Holztisch und lies sich abwechselnd von den beiden attraktiven Männern verwöhnen, so wie sie es wollten. Die Luft knisterte vor erotischer Spannung und übertrug sich direkt zu den beiden heimlichen Beobachtern.

Ben nahm eine reife Orange und presste den Saft auf Coras Bauch aus, so dass er zwischen ihren Schenkeln runter lief, Cora zitterte leicht und betrachtete seinen nackten Körper voller Lust und wechselte dann wieder zu dem Dreier in der Nachbarschaft, als Ben sich vorsichtig auf ihren Bauch setzte und sich mit dem Orangensaft einrieb. Dann kniete er sich vor ihren Mund; der Geschmack von Sex und Orangen regte sie an und sie massierte ihn immer heftiger mit dem Mund. Ben masturbierte sie mit einer halben Orangenschale, die er erst langsam, dann immer schneller über ihre Klitoris gleiten ließ. Cora kam ganz plötzlich und hatte Ben so intensiv mit ihrer Zunge und den Lippen stimuliert, dass auch er nochmal kam, in ihrem Mund.

Das Trio saß inzwischen gemeinsam am Tisch, rauchte und lachte, so als wäre es ein normales Treffen an irgendeinem Frühlingstag.

Mit einem Lächeln im Gesicht, saßen die beiden noch eine Weile Arm in Arm, nackt an einen Baum gelehnt und genossen einige reife Orangen bevor sie sich mit dem Wasser ihrer Fahrradflaschen abspritzten um entspannt den letzten Höhepunkt des Tages anzugehen, diesmal aber auf dem Rennrad, dem Puig Major entgegen.

8. Puig Major – Der Tunnel

Ungewohnt stürmisch war es an diesem Morgen auf Mallorca, als Ben und Cora in ihrem riesigen Doppelbett erwachten. Der starke Wind schüttelte die langen dünnen Palmen am Strand, die Wellen krachten ungewöhnlich laut und heftig auf den Sand. Die tief hängenden grauen Wolken flogen über den Himmel. Alles so, als hätte jemand einen riesigen Ventilator vor die Insel gestellt.

„Es wird bestimmt gleich etwas ruhiger, aber lass uns heute in die Berge fahren, dann ist der Wind nicht so entscheidend", schlug Ben vor.

Cora nahm ihre Mallorca-Karte in die Hand, auf der sie jeden Urlaub die gefahrenen Touren markierte. In diesem Urlaub fehlte noch die große Runde von Alcudia aus über Lluc und den Puig Major, runter nach Soller und dann die lange Rückfahrt über den Col de Soller, Santa Maria de Cami und Inca.

„Machen wir die große Runde heute. Am Nachmittag pustet der Wind meist in Richtung Norden, dann haben wir etwas Rückenwind, oder? Was meinst Du?" Ben war dabei.

Er erinnerte sich an die schönen Straßen, die direkt durch die Serra de Tramuntana führten und ihn immer wieder begeisterten. Bestimmt schon zwanzig oder dreißig Mal war er die verschiedenen Varianten gefahren, aber jedes Mal zog ihn diese Insel mit ihren vielen Facetten wieder in ihren Bann. Die Farben, das Licht, die unzähligen Aussichtspunkte mit Blick in die Berge, auf leuchtende Strände und das allgegenwärtige unendliche Blau des Meeres.....

Ben träumte mit offenen Augen und so hatte er nicht bemerkt, dass Cora aufgestanden war. Nun sah er sie auf der Terrasse bei ihrer Morgengymnastik – nackt, ihre langen Haare wehten im Wind, ihre Nippel zeigten, dass sie fror, aber sie liebte diesen Kälteschauer. Cora genoss es von Ben beobachtet zu werden und wählte bewusst die Yogastellungen, die ihm die besten Blicke auf ihren straffen, muskulösen Körper erlaubten. Katze, Kuh, Schulterstand und viele andere Figuren gehörten heute zu ihrem Morgenprogramm und sie wusste genau aus welcher Perspektive Ben am besten sehen konnte, was ihm gefiel.

Was für ein Morgen !, dachte Ben bei sich und hatte das Fahrrad komplett vergessen. Aber wie so oft, überraschte Cora ihn, als sie nicht zu ihm ins Bett kam, sondern mit einem Lächeln in der Dusche verschwand. Dieser Tantrasex mit dem Hinauszögern der sexuellen Erfüllung verlangte ihm viel Geduld ab, aber er musste gestehen, dass es sich lohnte. Cora war sehr kreativ geworden und hatte noch mehr Lust als je zuvor, wenn er ihr den Raum für dieses Spiel ließ, dass meist noch am gleichen Tag ein explosives Finale hatte.

Nach einem schnellen Frühstück saßen beide im Sattel und radelten gemütlich mit etwas Seitenwind die lange Gerade in Richtung Alcudia, an der Festung vorbei um dann recht bald in die windumtoste Bucht von Pollenca zu gelangen.

Mühsam, dem Wind entgegen, aber dafür belohnt mit einzigartigen Blicken auf das weit ins Meer stechende Cap Formentor, brachten sie die wenigen Kilometer bis Pollenca hinter sich.

Die Auffahrt nach Lluc war ihnen sehr vertraut, aber doch jedes Mal etwas anders, bedingt durch die unterschiedlichen Wetterlagen und Jahreszeiten.

Es war inzwischen wieder sehr warm geworden. Wie durch Zauberei war der Wind verschwunden und die Sonne heizte die Luft auf, so dass Cora bald in ihrem ärmellosen Trikot fuhr und den Reißverschluss so weit geöffnet hatte, dass ihnen entgegen kommende Fahrer Mühe hatten nicht vom Weg abzukommen. Auch wenn Ben am liebsten Cora ganz für sich hatte, so genoss er es auch, eine so selbstbewusste und erotische Frau zu haben. Wie rhythmisch sie sich im

Wiegetritt bewegte, ihre Muskeln und ihren Hintern zeigte, was für ein Genuss!

Motiviert durch Coras Kurven, trat Ben ebenfalls in die Pedale. Nach der Sa Calobra-Abzweigung ging es am Lago Gorg Blau vorbei und es begann die schweißtreibende Auffahrt in der Mittagshitze zum Puig Major.

Es herrschte kaum Verkehr um diese Zeit, so dass sie kurz stehen blieben um den tollen Ausblick auf den Gorg Blau, den azurblauen einzigartigen Stausee in der Serra de Tramuntana zu genießen.

Einige Höhenmeter weiter blieben die beiden kurz vor dem Tunnel noch mal stehen, so als wäre es ein Abschied von dieser Seite der Insel, bevor es durch den Berg auf die andere Seite ging. Lässig an eine Mauer gelehnt betrachtete Ben die vor ihm liegende Insellandschaft, als Cora ihn in den angenehm kühlen, aber sehr dunklen Tunnel zog, hinter dem die wunderschöne Bergstraße hinunter nach Soller führte.

Schnell und gekonnt durch viel Übung im Outdoorsex waren die engen bikeshorts in Sekundenschnelle ausgezogen.

„Du musst aber jetzt ganz stark sein, mein Süßer", mit diesen Worten legte Cora ihre Arme um Bens Hals und er fasste sie direkt fest mit beiden Händen.

Wie unglaublich straff und rund dieser Po war! Diese kleine Übung reichte schon aus um die Nähe zu erzeugen, die sie den Tunnel vergessen ließ. Mit einer Hand half sie Ben den Weg zu finden, dann begann sie langsam zu reiten. Mit fester Umarmung ihrem starken Mann ganz nah, der sie zunächst langsam und rhythmisch wiegte, so dass Cora ihn tief spüren konnte.

Ab und zu kam ein Radfahrer vorbei, wie üblich ohne Licht. Nur durch das an den Enden des Tunnels einfallende Licht waren für Sekundenbruchteile die Schemen dieses extravaganten Liebesspiels zu sehen. Ein straffer Po, mit fein geschwungenem Tribal-Tattoo am Rückenansatz, gehalten von zwei kräftigen, tiefbraunen Händen, in rhythmischer Ekstase sich auf und ab bewegend, war alles was im Vorbeifahren zu erkennen war ohne durch die Ablenkung gegen die Tunnelwand zu fahren.

Zwischen zwei Radfahrern, Ben fragte sich, wie Cora es wohl so gut im Gefühl haben konnte, kam Cora laut und lustvoll, es hallte von den Wänden als wären drei Frauen gleichzeitig gekommen.

Ben war fix und fertig von der Stellung, die zwar sehr geil, aber leider auch sehr anstrengend war. Und schon wieder warten!

Aber Ben hatte Hoffnung, dass heute vielleicht noch mal etwas gehen könnte. Angesteckt von Coras fröhlichem Lachen, liefen beide lachend aus dem

Tunnel, mit noch ganz roten Wangen und zittrigen Beinen vom Abenteuer im Dunkeln.

Auf der anderen Seite des Tunnels öffnet sich das Tal von Soller mit einer dramatischen Felskulisse vor dem grünblau schimmernden Meer. Jeder, der die Insel mit dem Rennrad erkundet hat, wird sich an diese herrliche Serpentinenstraße erinnern, die sich entspannt ins Tal schlängelt.

Auf halber Strecke lädt ein Restaurant mit Terrasse ein für immer zu bleiben, hoch oben über dem Meer mit Blick in alle Richtungen. Mandelkuchen, frisch gepresster Orangensaft, Café con leche, qué más?, was will man mehr ?

Doch dann geschah es. Hinter einer nicht einsehbaren Kurve lagen viele Steine auf der Fahrbahn. Eine kleine Schafherde stand mitten auf der Straße.

Ben hatte keine Chance. Um den Zusammenstoß mit einem Schaf zu vermeiden, lenkte er stark Richtung Felswand, sein Vorderrad verkeilte sich zwischen zwei Steinen und er flog über den Lenker auf ein Stück Wiese am Fahrbahnrand. Cora bremste sofort, rannte zu Ben und ihr war schnell klar, dass sie Hilfe holen musste.

Ben war bei Bewusstsein, konnte aber sein rechtes Bein nicht bewegen und klagte über Kopfschmerzen. Der Notarzt brauchte nicht lange und brachte Ben umgehend ins Krankenhaus nach La Palma. Was für ein Schreck! Cora hatte Mühe, die Abfahrt nach Soller zu bewältigen. Leider durfte sie nicht mitfahren im Krankenwagen und musste nun die Strecke bis La Palma irgendwie schaffen. Aber in Soller war ihr klar, dass sie zu aufgeregt war um weiter fahren zu können und versuchte es per Anhalter.

Nach kurzer Zeit stoppte ein Mini und eine sympathische junge Frau winkte ihr zum Einsteigen. Da Cora gut spanisch sprach, kamen die beiden Frauen schnell ins Gespräch und Cora tat es gut von dem Unfall erzählen zu können.

Wie sich heraus stellte, war Carlota, die Fahrerin, Krankenschwester in dem Krankenhaus, in das Ben gebracht worden war und konnte Cora mitnehmen. Cora spürte wie Carlota sie aus den Augenwinkeln ansah und ihr zulächelte. „Magst Du Frauen?", fragte Cora in perfektem Spanisch. „Si, sólo mujeres!", antwortete Carlota. Ja, nur Frauen.

Sie öffnete das Handschuhfach und gab Cora eine kleine Visitenkarte, auf der nur eine E-Mail-Adresse stand.

„Vielleicht hast Du ja mal Lust...", zwinkerte Carlota Cora zu. Und Cora nahm die Karte dieser wirklich außerordentlich attraktiven Spanierin mit, ohne zu wissen wieso.

Aber selbst in dieser Ausnahmesituation ahnte etwas in ihr, dass sie diese Karte sicher nicht verlieren würde. Früher, bevor sie Ben kennen lernte, hatte sie ein paar Mal Sex mit einer ihrer Freundinnen gehabt. Schöne Bilder tauchten vor ihrem inneren Auge auf. Ja, sie mochte Frauen sehr, aber sie hatte sich für Ben entschieden, worüber sie jeden Tag glücklich war.

Im Krankenhaus angekommen, suchte Cora Bens Zimmer und war erleichtert als sie ihn wohlauf oder zumindest wach in seinem Bett fand.

„Glück gehabt, nur ein paar Prellungen und eine ordentliche Gehirnerschütterung", sagte Ben leise, aber immerhin mit einem leichten Lächeln. Cora umarmte ihn lange und war einfach nur glücklich in diesem Moment.

Als der Abend hereinbrach verabschiedeten sich die beiden, da Cora ja noch nach Alcudia musste und sie am nächsten Morgen wieder früh im Krankenhaus sein wollte.

Beim Verlassen des Krankenhauses begegnete Cora einer Krankenschwester, die so klassisch wirkte wie aus einem amerikanischen Spielfilm. Weiße Haube, Schwestern-kleidchen mit rotem Kreuz darauf, weiße Stöckelschuhe. Unglaublich, dachte Cora, so kann man doch nicht in einem Krankenhaus arbeiten, oder doch?

Da kam Cora die Idee, Ben eine seiner Phantasien erfüllen zu können. Kopfschmerz und Prellungen hin oder her, ein Rollenspiel bringt immer frischen Wind rein und kann die Heilung nur beflügeln.....

Cora sprach die sexy Schwester auf den hohen Schuhen an. Als sie von ihrem Plan erzählte war Nora, die spanische Krankenschwester hellauf begeistert, bot sogar an die beiden zu filmen, wenn es zur Sache ging, aber Cora lehnte mit einem Lachen ab. Nora ging lächelnd mit einem Hunderteuro-Schein nach Hause, während die frisch verkleidete Krankenschwester Cora sich in etwas zu engen Stöckelschuhen auf den Weg zum deutschen Patienten machte.

Die Nachtschwester hatte Ben noch ein Schmerzmittel hingestellt, falls er etwas in der Nacht brauchen sollte und hatte ihm eine gute Nacht gewünscht. Ben war gerade dabei einzuschlafen, als die Tür aufging.

Aber das Licht blieb aus. „Hallo?", fragte Ben ins Halbdunkel hinein.

„Hóla, tienes ganas?", hauchte eine zarte Frauenstimme.

Auch ohne die Sprache zu sprechen, war die Silhouette dieser großen Frau mit den einladenden Kurven und dem sehr kurzen Kleid ausreichend um zu verstehen worum es ging. Sie schloss die Tür, es war ziemlich dunkel, so dass nur der Klang der Absätze ihr Näherkommen verriet und Bens Herz schneller schlagen ließ.

Diese Situation war so unwahrscheinlich, so unwirklich, aber auch so aufregend und neu, er wollte sich einfach darauf einlassen. Vorsichtig glitt ihre Hand unter die Decke, während ihre Brust so nah vor Bens Mund verweilte, dass er den Duft ihrer Haut atmete und ihre Wärme spürte. Ihre Lippen waren so weich und doch so fordernd; sie zeigte ihm was sie wollte und wie. Ben tastete sich unter ihr kurzes Kleid vor, sie war nackt und glatt rasiert! Kurze Zeit später saß sie auf ihm und erlaubte ihm seiner Lust freien Lauf zu lassen.

Die Krankenschwester sagte kein Wort, stöhnte nur leise und kaum war er gekommen, stieg sie ab, hauchte ihm einen Kuss auf die Wange und verschwand.

Zurück gelassen hatte sie einen kleinen roten Slip mit einem Herz darauf, der den Duft nach ihrem Körper und nach Sex verströmte. Was für eine Nacht!

Ben schlief ein und die geheimnisvolle Besucherin fuhr befriedigt und frei zurück nach Alcudia. Das Rollenspiel hatte sie sehr erregt. Immer noch kribbelten ihre Haut und ihre Lippen....so sehr, dass sie während der Fahrt ihren Rock hochschob um das angenehm kühle und glatte Leder des Autositzes zu spüren. Immer fester presste sie ihr Becken gegen den harten Sitz, sie musste anhalten!

Die Erregung von dem phantastischen Sex mit ihrem Patienten hielt immer noch an und verlangte nach einem endgültigen Finale. So fand sie eine unbeleuchtete Ausfahrt kurz vor Campanet, schaltete alle Lichter aus, drehte sich zum Fenster, nahm die Kante des Sitzes zwischen die Beine und ritt ihn heftig. In Gedanken vögelte sie mit einem schlanken brasilianischen Sambatänzer, der ihr lange Zeit vor Ben den sexuellen Himmel gezeigt hatte. Ben würde es lieben, wenn sie ihm beim nächsten Sex von diesem Erlebnis mit allen erotischen Details erzählte.

Cora liebte es laut zu kommen, besonders jetzt, irgendwo allein auf Mallorca mitten in der Nacht. Es duftete nach Kräutern und kühler Erde, einige Grillen zirpten. Sie genoss es draußen zu sein in der Stille, die leichte Brise an ihrer Muschi zu spüren während sie das trockene Gras befeuchtete. Freiheit lag in der Luft. Cora war unendlich glücklich.....

Gedanken für die Reise....

Sexualität ist Rausch. Keine Gedanken, nur spüren, begehren, erfahren, sich verlieren. Die Wirklichkeit bekommt eine neue unwirkliche Dimension, die nach der plötzlichen Rückkehr wie eine Zeitreise erscheint.

Hat man diesen Akt der Sinnlichkeit tatsächlich erlebt, all das erfahren, gesagt, was vielleicht jetzt auch undenkbar erscheint? Wie passt der Zeitreisende mit dem Liebhaber in ein und dieselbe Hülle? Wie kann es sein, dass diese elegante, intellektuelle Frau oder der Mann, sich in der anderen Dimension so lustvoll und vulgär ohne jede Hemmung hingibt?

In uns schlummert die Sexualität, die für jeden Menschen mehrere Dimensionen hat. Welchen Raum und welche Farbe wir ihr nach außen geben, ist sehr individuell.

Geheim bleibt immer, wo die Grenzen verlaufen zwischen dem, was vorstellbar und umsetzbar und dem, was rein theoretisch denkbar, aber wohl eher nicht realisierbar ist. An dieser Grenze masturbieren viele Menschen und erlauben sich dabei zahlreiche Grenzübertritte mit lustvollen Schaudern, die in der realen Dimension wohl ziemlich sicher zu Komplikationen in der Partnerschaft führen würden.

Wer weiß schon, wie viel geheime innere sexuelle Sehnsucht die eigene Partnerschaft verträgt und vielleicht auch braucht? Ähnlich einem Eisberg, nimmt man nur den Anteil über der Oberfläche von seinem Partner wahr. Doch der Berg in der Tiefe, die unermesslichen Weiten der eigenen Persönlichkeit lassen sich über die Jahre nur erahnen. Der Mensch bleibt ein Geheimnis und ist voller Überraschungen – zum Glück!

Die Geheimnisse des Anderen im Hinblick auf dessen Sexualität sind dabei die spannendsten. Vielleicht braucht es deshalb häufiger neue Impulse in unserem Sexleben um mit dem Menschen, den man so gut kennt, wieder neue Sphären betreten zu können.

Ein Date in einem dunklen Zimmer, nur schemenhaft beleuchtet. „Stell Dir vor wir kennen uns nicht, treffen uns nur zum Sex, zum ersten Mal…", und schon ändert sich die sexuelle Begegnung, wird wieder spannender.

Der Wunsch nach Sex, die Sehnsucht danach, sich in der Erregung zu verlieren, so weit, dass man seine alltäglichen Grenzen übertritt, das alles zusammen ist die einzige Zutat – das Chili - die erforderlich ist um aus dem normalen, bekannten Sex, einen Flug mit dem Spaceshuttle in den Weltraum zu machen. Fliegen sie los…..

Bis bald, Ihre *Lana Caliente*

Bésame,
muérdeme,
incéndiame,
sólo por eso vengo a la tierra...

Küsse mich,
beiße mich,
entflamme mich,
nur deshalb komme ich zur Welt...

(frei nach Pablo Neruda)

Ideen? Wünsche? Anregungen?

Schreibt mir Eure Gedanken, ich freue
mich darauf,

Eure Lana

Mallorca@shamanic-space.org